2013 馬祖文學獎得獎作品集

馬祖・人愛海

主　辦：連江縣政府
承　辦：連江縣政府文化局
規劃執行：INK印刻文學生活誌

目次

序／

書寫馬祖之愛

連江縣縣長 楊綏生

文學是對地方最深濃情懷的展現。馬祖文學獎自從舉辦以來，不但聚焦各界民眾，對馬祖濃得化不開的情感，更透過文字的書寫，讓許多人從此對馬祖有了更深刻的瞭解。原來每個人心底，都有對世外桃源般的島嶼，有著最美麗的想像，就讓你走進文字裡，或是親自造訪馬祖，體驗這海外珍珠的特殊人文風情。

以往，許多人對馬祖的感受，可能都停留在「戰地前線」的刻板印象，再加上往昔要到達馬祖交通不便，更阻撓一般人對馬祖的瞭解。如今馬祖因兩岸的情勢緩和，終於擺脫戰地的陰影，在馬祖人的共同努力下，馬祖的觀光早已突發猛進，成爲一個文化及觀光的新焦點。

二〇〇九年縣府開始舉辦「馬祖文學獎」活動已歷五屆，這項活動不但鼓勵各地民眾，書寫走訪馬祖的心情，在地民眾更可挖掘精采的地方故事，不但展現離島驚人的觀光魅力，更讓在地人對於家鄉的情感獲得抒發以及凝聚。

今年的馬祖文學獎，我們將主題聚焦爲「馬祖・人・愛芹海」，累積對這塊島嶼的情感與愛，其中散文組主軸爲「馬祖」，書寫到馬祖旅遊的經驗、心情及點點滴滴。現代詩的主題則定爲「愛芹海」，以馬祖四鄉五島、海爲寫作範圍，以詩行寫出島嶼與海的千萬風情。此外，「馬祖故事書寫」，創作者以採擷馬祖特殊的傳奇故事爲主軸，或以「馬祖人」爲主角，書寫出這些人在馬祖有關的眞實故事。

如今，讓我們透過創作者文字的書寫，以及得獎作品集的展現，「馬祖」不單單只是一個簡單的地理名詞，它更成爲許多人心中，對傳統美好生活的想像以及嚮往。請你打開手上的這本書，隨著得獎人以及三位文學名家的文字導覽，走入你未曾見過或已生活過最美麗的離島，投入這塊土地最深情的懷抱中。

序／

與馬祖同呼吸的文學創作

連江縣文化局長
曹以雄

揮別了歷史的餘影，這幾年來我們在馬祖這塊土地上，以文學書寫出走訪馬祖的新印象，更挖掘出與故鄉血肉相連的綿密情感。二〇一三年的得獎作品集，不但繳出極具意義的成績單，更有一篇篇傑出創作，與這塊土地共同呼吸，一起攜手前進。

馬祖曾是媽祖信仰對外傳承的重要跳板，在兩岸敵我不相容的時代裡，島上更留下許多珍貴的戰地遺跡。只是歲月如雲煙飄逝，在時代前進的巨輪裡，馬祖這塊土地與人們，一樣扮演舉足輕重的角色，對外再度發光發熱。

馬祖雖然是離島，但文學血脈卻一直承先啓後，有在地以及關懷馬祖的文學創作者，長期耕耘，以文學灌注這塊土地。馬祖文學獎的舉辦，展現了我們對於文學的高度重視，不但透過文字的書寫，留下最美好的文學資產，更聚焦國內民眾對馬祖的深濃情感，強化他們進一步來到島上，體驗未曾感受過的離島風情。

今年的得獎作品集，就透過散文、現代詩以及在地故事，呈現了完整的馬祖風貌。在散文組的創作，書寫走訪馬祖的第一手印象，島上吹動人心的海風，那些寫滿美麗傳說的石頭屋，都浮現在作者的字裡行間。現代詩的競賽，則以詩行吟誦東引南竿等離島風情，爲這海上珍珠，留下一行行走入永恆的詩句。「馬祖故事書寫」項目，我們可看到一則則海上傳奇，還有人們在島上發生的悲歡離合，都在作品裡一一呈現。

翻開二〇一三年的得獎作品集，我們驚喜發現到如今的馬祖文學，不但對島上獨特的人文、地景，有著更完整的書寫，更對傳統的美好有著依依不捨的眷戀。我們相信，只有透過文字的書寫，顯現馬祖人從過往到現代的眞實情感，並透過文字獨一無二的魅力，吸引更多人來這海上桃花源走訪一遭。

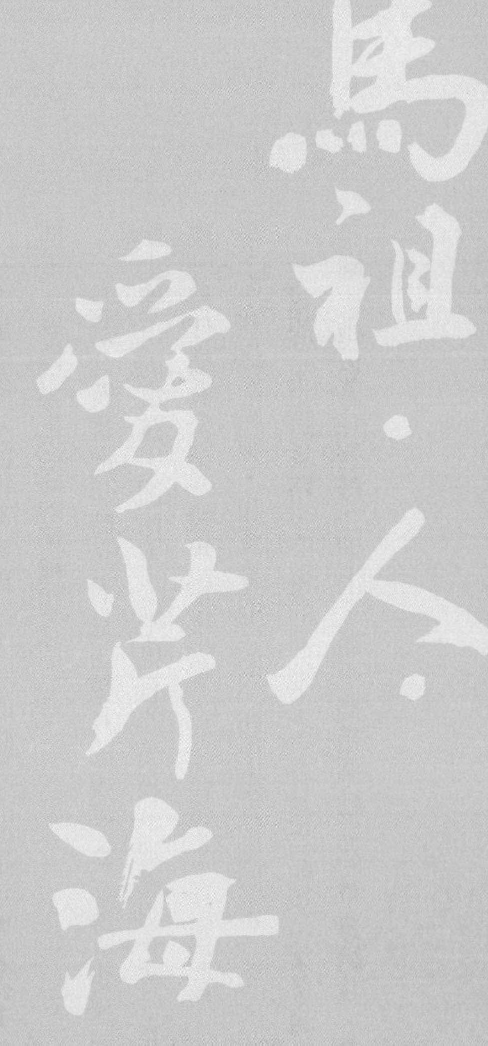

名家
書寫馬祖

這樣，這樣的想念

苦苓

我想念東莒。

連續去了東莒四次，每次半個月，回來之後，我一直在想念東莒。不是那種「已經不會再去了」的想念，而是「再過幾天就要回去了」，是的，回去，就像遊子返鄉的那種想念。

我想念黃昏散步時，看見王校長的媽媽，一個人走過前面的情景，歲月在她臉上留下的痕跡，卻抹不去她曾有的美麗，她總叨念著：我兒子比你苦苓小十二歲，爲什麼看來卻一般年紀……唉，他太瘦了，爲這個島、爲孩子們，總是那麼辛苦……慈母的光輝，和黃昏的夕照一起出現在她臉上。

我想念走過馬路，旁邊的沙地上，就是王品媛（東莒國小六年級女生）媽媽的菜園，她戴著斗笠蹲在地上，順手摘幾個紅紅的草莓給我，帶著沙，我洗也不洗，一口吃下，心裡奇怪爲什麼鹹鹹的土地，可以養出甜甜的果子，像孩子們的笑容一樣甜……

我想念船老大帶我出海，在峻峭的礁岩與洶湧的波濤間，他像玩耍般的甩出釣線，好像不太專心的放著釣竿，不一會兒卻釣上了一條活蹦亂跳的鱸魚，「六斤，算小的」說著捧起魚兒，露出有酒窩的，男子漢的笑容。

我想念王大哥，大嗓門，大手掌，大口喝酒：那聲音，證明了東莒人「聊天像吵架」的傳說；那手掌，大得彷彿戴了一個大手套，述說著漁人的艱辛與奮鬥；喝起酒來，眞正的不醉不休，「生平沒有酒，可以活著離開我」，多麼豪邁激情的海上男兒啊！

我想念我的福正村43號小屋，我想念它提供給我的舒適安逸，以及每天一開門就可以看見的無敵海景。在一間間嶄新、或陳舊、或已傾頹的石屋包圍中，我感覺到前所未有的安心，勝過我在這世上住過的，任何一家豪華旅館。

我想念從我的居處，就可以蜿蜒而到的燈塔，想它的風華歲月，百年來屹立不搖，守候著每一個航海人的夢想，而遍地的豔紫南國薊喧囂著，預告著濃霧將散、明豔的碧海藍天佐以白雲，即將隆重上演。

我也想念我屋前不遠的沙灘，在紅牆似火的白馬尊王廟守護下，細細的沙子輕柔觸撫腳趾，潮水一波波來、一波波退去，而蛤蚌們則在其中悄悄蟄伏，等待著某一家大小的來臨，挖掘出一個接一個的驚喜，就像翻飛在礁石間的，一個又一個浪頭。

我還想念那遙遠的大埔聚落（所謂遙遠，距離或許不到一公里，但遠的是時間，它的繁華歲月，幾已在百年之前），那先民們一步步走過、挑魚販賣的古道，那遠眺懸崖與孤島的涼亭，有永遠吹不盡的風，永遠在心中不斷上演的，一個昔日熱鬧小漁港的如夢情景……

我也想那一個個廢棄了的軍事基地，戰士走了，自然來了，藤蔓草樹又占領了建築，蟲鳴鳥叫也代替了槍砲，那殺伐已經遠了，亮黃的小花肆無忌憚的開在斑駁的砲口，和平的春風吹過，讓新綻的綠葉與年邁的老樹，一起爲戰爭譜一首安息曲。

我不能不想的是孩子們，一個個燦爛的笑顏，一點兒也沒有被「困」在這小小地方的感覺，反而盡情的揮灑著他們的青春，有那麼多

老師的悉心照拂，那麼多家長的殷殷關切，她們有的更多，失的更少，我常獨坐臺灣，一一在心中念著她們的名子，像個老祖父般的想望：妳們要開開心心的，等我回來……

而我更想念島嶼的寧靜，極少的車，極少的人，靜到妳聽得見每一隻鳥的呢喃，每一隻蛙的鼓譟，還有每一隻蟲兒鳴唱的夜曲；更大多數時候只聽得到一波，又一波的潮水。永無止境的拍打著岸，一直會來，一定會來，多麼令人安心的潮水啊，我的沙灘，會不會也這樣子想念我呢？

一波波的潮水，一定是在催促我早一點回去。住過八百多個城市，到過六十幾個國家，而我現在唯一想念的，是東莒。

苦苓

本名王裕仁，一九五五年生，祖籍熱河，宜蘭出生，新竹中學、臺大中文系畢業。曾任中學教師、雜誌編輯、廣播電視主持人，獲《中國時報》散文獎、《聯合報》小說獎，《中外文學》現代詩獎及吳濁流文學獎，著作五十餘種，暢銷逾百萬冊。現為雪霸國家公園解說志工，沉潛八年，驚豔於天地萬物超乎想像的各種生命形式，遂提筆書寫自然，其旅遊及生態作品散見部落格「苦苓好好玩」。近著有《苦苓與瓦幸的魔法森林》、《苦苓的森林祕語》、《我在離離離島的日子》等。

馬祖施予的三份人情

簡白

兩年前，閱讀多篇書寫馬祖的文章，深受吸引，克服搭乘小型飛機的恐懼（蘭嶼的經驗，感覺直似「坐風箏」，驚心動魄），訂妥住行，隻身前往，在十一月中旬。

原本要先到南竿，陰錯陽差，卻降抵北竿。趕去西南方白沙碼頭半點開航的船班，僅差十分鐘，計程車運匠小哥按手機聯絡船老大，請求稍待幾十秒，立刻左彎右拐，速度衝快。這是馬祖施予的第一份人情。

投宿南竿鐵板懸崖上頭的旅店，寄放好行李，蹓躂下坡澳口。面向大海，左邊是北海坑道，右方是大漢據點。前者「井」字型，充當登陸小艇藏匿碼頭，後者三層仄廊，用作聯結岬角機槍砲台射口，皆屬硬生生炸鑿花崗岩層，開挖出來的軍事設施，獲推崇爲鬼斧神工的戰地景觀。踏行內部，濃稠的肅殺氣氛沾皮滲膚，相當令人不快。究竟累積多少厚度的恨意，才會堅持鑽壁侵石，建造如此悲壯的工程？致使自然顏色，以及居民應有的親山親水生活，完全變形走調。

當晚，跟任職連江縣府的文友吃喝，「坑道越偉大代表著仇恨越巨大，很難相信國共雙方眞的已經和解？」他聽了笑笑，答非所問，說：「其實大部分的馬祖家庭，都在臺灣買有房子。」由於人口稀少，選票彌足珍貴，所以馬祖公民一旦生病住院，就是一樁大事，連江縣的議員、立委、縣長，都會爭相探視慰問。

隔天，牢記旅店主人叮嚀，空腹啓航東莒，浪頭顚簸，小白船耗時約五十分鐘，沿途至猛沃港果然沒見兔子蹤跡。剛下船上岸，就驚覺東莒風勢強勁，棒球帽吹掀落海，嚇一跳，摸摸頭，幸好腦袋還在。接送的民宿老闆，見狀立刻從車中遞來他店裡的招牌帽，顯然司空見慣，早先準備。這是馬祖施予的第二份人情。

注意到，猛沃港口上方有一座直升機場。但空空蕩蕩，別提直升機，連個辦公人員也沒有。

民宿所在地大坪村，行政名稱緣自「大埔」、「熾坪」，靠海的大埔已成爲廢村，了無人煙。不靠海的熾坪卻熱鬧許多，公所、警局、學校、商店全擠在這裡。但時序十一月中旬，非觀光旺季，幾乎沒有遊客。

晚間，單獨跟民宿老闆家人分桌吃風味餐，照例失眠，從陽台望著民宿左後方小徑旁的袖珍型保安宮發呆，紅通通的廟身，簷角鋼硬尖銳，路燈俯照下非常刺眼。

睡得晚，起得早。遊逛大坪村下街的「藝文廣場」，店家多半休息，冷冷清清。不會騎機車，索性走去福正村東犬燈塔，再沿靠海的大埔路，經大埔村返回熾坪。

往福正村的中興路確實筆直，沒車沒人，一個人散步愜意極了。途中近南側的莒光綜合教練場、原實彈射擊靶場附近，水泥立柱警語：「瞄不準不打、看不見不打、打不到不打」，眞的煞風景。

進入福正村，宛如童話般的石頭城，一方錯落一方，關窗閉戶，安安靜靜。遊客中心也大門深鎖。偶聞收音機聲音，但不見半個人影。

蜿蜒登臨東犬燈塔平台，美麗優雅的英國建築，好像純潔的白色祝福蠟燭，虔誠向天。烈風嚎嘯聒噪，雙腳無法立定。難怪塔口直下斜坡砌築一道短牆，用來避風，便利昔日的守塔人員手持煤油燈火往返。

民宿老闆來電，邀逛東莒西南底部的大埔石刻，可是興趣缺缺，寧願自己一個人，在大埔聚落，及與熾坪之間的魚路古道，消磨大半天。

翌日，又海上漂行，航向北竿的芹壁村。民宿掌櫃兼司機，是個近七十歲的漢子，掌廚的是他的老婆。「這陣子，只有你一個客人」，並不訝異。放置行李，立即健行，從右側爬行環繞芹壁村的彩虹狀步道，哪料在兩點鐘方向，路旁菜園邊處，一名中年男子手握塑膠袋，恍神直視逼來，舉手示意他止步，緩緩走過身邊。回頭，猶見他猛哈塑膠袋吸膠。

繁華所在有苦悶的人，寂寞所在也有苦悶的人。

居高望向對面遠方，高登島、黃岐半島的海岸線、輪廓，歷歷在目，但眼下灣沃的「芹囝」，怎麼看也不像是一隻烏龜。

黃昏起霧，寒風冷峭，民宿老闆娘勸說到用餐區休息。敬謝不從。豎衣領，手交叉，就是要嘗嘗一個人旅行的滋味。

三人晚餐。斜斜對著民宿掌櫃跟他的老婆，他們則看電視配飯。有時也聊些兩岸旅客之間的差異。忽然接獲電子信件，遠嫁瑞典的女性朋友偕夫婿，現抵臺北，明天要來馬祖。心想，眞巧，這樣會不會太擠了？打定主意提早回家。暫隱瞞身在馬祖北竿，跟她約臺北見。

灌喝兩杯溫熱馬祖老酒，隔天睡醒，民宿掌櫃竟攜大包小包，同去機場。他說也要去臺灣，回家。

「其實大部分的馬祖家庭，都在臺灣買有房子。」猛憶起大前天晚上，任職連江縣府的文友的話語。

松山下機，跟民宿掌櫃說再見，他講家在新莊，輔大對面附近。臨別，他附耳說：「我們臺灣人太善良了。」

我們，臺灣人！

這是馬祖施予的第三份人情。

簡白

生在臺北，長在臺北。現為人間副刊主編。

馬祖是我的天涯

顏艾琳

由於我是金門媳婦，金馬於一九九二年解嚴開放後，參與官方活動跟私下返回先生的祖厝，來往金門，我像一隻候鳥。但是馬祖列島，我因受邀兩次官方藝文行程，而愛上了島嶼風情跟金門、綠島、小琉球、蘭嶼都不一樣的馬祖，後來兩次是吆喝親友組團，由我規劃南線的東西莒、北線的東西引自由行。花了四趟才把整個馬祖列島玩遍。

小三通樞紐、離島戰地觀光、博奕特區、減免稅的過境運輸碼頭、乃至自然生態淨土、閩北兼具浙東的環境與風俗保留……好像每一次針對馬祖的新地位討論，都引發很大的幻想與期待，卻也一次次地落空。尤其馬祖作爲冷戰時的第一屏障，之後卻未能有一套好的地方發展措施，留住當地人文資產與經濟發展，加上小三通，將金馬變成中介站，卻沒賺到多少過路商機，必然引發居民的憤怨。

首先，先跟臺灣人上一堂地理課。許多人都以爲金馬是連在一起的列島，不明瞭金門跟臺灣在緯度上同屬「閩南」地區，金門鄰近福建南方的廈門市；而馬祖偏「閩北」跟「浙東」，對門是福建的福州跟馬尾港、稍北移些就是浙江了。在地理民俗上有其特殊的「異地風情」。有了差異，才有在旅客上提供心理上的特殊感受。不然，馬祖跟綠島、澎湖都被類定爲離島度假，那又有什麼值得看呢？

常聽馬祖人抱怨，資源有限，每個島都小小的、列島從北

而南綿延五十四公里，離臺灣遠、特色無法凸顯、不夠有觀光吸引力。但從反向思考，這些「有限」卻是馬祖最能塑造殊異特點的「無限大」商機。第一次去時我便愛上浪漫的芹壁、充滿歲月感的牛角村落、雄險壯麗的東引一線天跟懸崖砲台、東莒燈塔前的斜坡、夜晚三百六十度全方位的星空夜景，連寂寞都那麼完美！西莒的燕鷗生態、潔淨透徹到令人想掉淚的沙灘……這不是「臺灣的希臘」、「邊境之外的義大利斷崖」、「當日可抵達的南歐」、「觸手可及的生態天

堂」？

什麼是「觀光裡的黃金鑽石」？這是針對限一地的景觀與生產銷售的行銷策略。日本可能是實施「有限／限量」最徹底的範例。我在北海道旅遊時，導遊就說了：「你在這地方如果沒買昆布公仔、吊飾，下一站就沒了。」同樣的，下一站以傳說的「土鬼」來發展觀光形象，當地所有商品皆以「土鬼」延伸爲祈福袋、衣服、飾品等物。下下站則是「天使魚」……一旦離開到三十公里之外，怎樣都不能再買到當地主題產品了。日本將觀光做到「離開，就沒有」、「你只能再來一趟」的地步。而臺灣還停留在量產、增加食物跟貨品的里程上，而不是讓旅客回籠的思維中。消費是一種心理戰術，而生理的享受最容易從飲食下手。

凡是旅遊，飲食最能滿足異地嘗鮮的期待。從東引到西莒，交通上必須搭飛機、輪船、快艇、租機車、計程車、走路，才能完整體會列島風情，而舌頭也忙碌地一路考察別具風味的美食。江浙流行釀造「女兒紅」，馬祖則強調飲黃酒、吃黃酒，爲有別於江浙、閩北的「女兒紅」，馬祖該好好主打黃酒跟紅糟的酒餚料理。另外魚漿做成麵線，湯頭鮮美，還有紅糟麻油麵、鹹甜的小腳裹粽、繼光餅……這些可不容易在臺灣吃到呀。

馬祖的自然景觀跟建築，不是金門廈門那種中西合併的洋樓，而是閩北跟浙東海邊有的一種四四方方的石砌屋。山坡而築的石屋跟石徑，散發出愛琴海的慵懶風情，每每想起馬祖各個島嶼的幽靜、遼闊、雄偉險峻，還有好吃的飲食，生物種類繁多的優勢，我認爲馬祖的資源一點也不少呢！

行遍臺灣，馬祖是我這輩子最想躲開俗世的天涯。唉呀，我都說那麼多了，心境欲脫塵的人，可別都去馬祖擠熱鬧了，那邊的星星，很熱情……

顏艾琳

臺南下營人，一九六八年出生，輔仁大學歷史系畢、臺北教育大學語文創作所肄業。現任豐年社總編輯。曾獲「出版優秀青年獎」、創世紀詩刊四十周年優選詩作獎、文建會新詩創作優等獎、全國優秀詩人獎、二〇一〇年度吳濁流新詩正獎、二〇一一年中國文藝文學類新詩獎章。著有《顏艾琳的祕密口袋》、《已經》、《抽象的地圖》、《骨皮肉》、《讓詩飛揚起來》、《她方》、《林園詩畫光圈》、《微美》、《詩樂翩篇》等；重要詩作譯成英、法、韓、日文。

散文

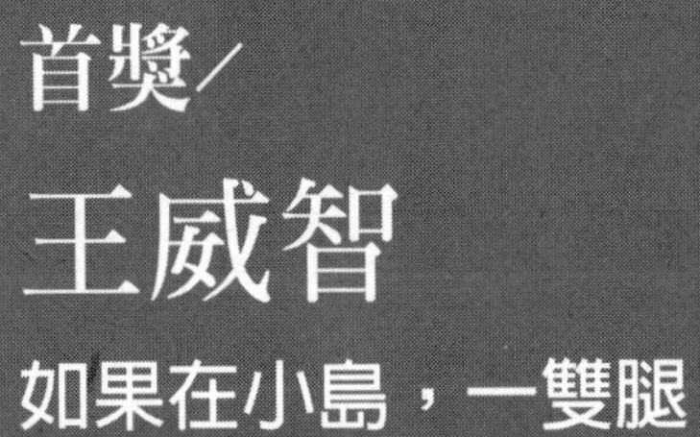

首獎／

王威智

如果在小島，一雙腿

由於工作，有一陣子經常從臺灣的山後之地往返馬祖，陸空聯運讓馬祖似乎不如想像中遙遠。當然，遙遠有時候不僅僅關乎空間距離，在馬祖，經常引怨的霾和曾經嚴格的管制就比任何距離還遙遠。大自然大約是不容易克服不容易改變的，但戰地不再那麼戰地以後，只要霾霧不擾，馬祖一點也不遠。

爲了方便，我通常在南竿落地，往往一走近艙門，就感覺風灌進機艙，有點迫不及待的意思，這股迫不及待把海味淡淡捎了來，空氣中飄著微微的腥鹹，聞起來和臺灣東岸的太平大洋不太一樣。

若馬祖不遠，那麼東莒這個島外之島必也不嫌遠，陸空聯運之後小白船接力，破浪連奔一個小時也就到了。最近一次前去東莒，與攝影師同行，爲了可以好好看看這座小島，我跟攝影師都同意，下船後不碰任何機動車輛，單靠兩隻腳。

東莒是一座適合徒步周遊的島嶼，順著島上的馬路走一圈大約十一公里，加上古道、步道……可走的路不超過十五公里，還不及半程馬拉松，與我偶一爲之的高山縱走比起來，東莒實在不怎麼禁得起走。但正因距離有限，才讓我得以在短短幾天裡盡可能地放慢腳步，有時岔出可走的路，跑下海灘，或鑽進林子，有時在廟前停下腳步，扮起不虔誠的信眾。我不是徒步旅行的狂熱信徒，但無論平常如何四體不勤，在東莒勉強自己忍著痠痛走一圈，絕對是一件有價值的美事。

一上猛澳港碼頭，迎面就是陡坡。我扛起攝影腳架，頂著毒日頭，緩緩地往落腳的旅店走去。機車、汽車，民用的、軍用的，輕輕鬆鬆從我們身邊掠過。正當堅定的心志有些動盪之際，一陣風忽然送到，持續吹了約莫半分鐘，攝影師的長髮在風中亂舞，我頭上大了點的漁夫帽彷彿被人掀起，遠遠丟下一旁的山坡。汽車有密閉的空調，機車製造自己的風，這陣風雖然夠粗魯，但若非步行，恐怕不能真切地感受。

於是，我想步行該是極好的選擇，在東莒。

我們走出大坪，捨混凝土路，走進「下底路」。「下底路」是大埔村人走出來的「魚路」，從大坪往大埔，這是逆行的走法。我們背著照相機和腳架，沿途取景拍照，沒負重也不趕路，抵達大埔時卻一身濕。攝影師忙著按快門，我想著如何描寫這個幾乎沒有人煙的村子。從前的漁夫天未亮就挑著扁擔，把魚從大埔送到大坪，在漆黑的夜色裡荷重疾行換取生活之資是一件徹頭徹尾的苦差事，他們是如此

扎扎實實地把日子一天一天過掉，就像把石頭一塊一塊疊成牆，覆上屋瓦，爲家人建造安穩的居住，馬虎不得，偷巧不得。

攝影師被大埔的老屋徹底吸引了，他說光與影在牆上的爬行消長，最易於令人想及時間的消逝。

村人說大埔與福正間有小路，不須經過大坪，這似乎是「夏福正，冬大埔」的側面印證。遊牧民族逐水草而居，東莒村人則避風而漁。我和攝影師費了大約一個小時尋找路跡，我們走進幾個看起來像古徑的草叢或林子缺口，不到十步就退了出來。大自然自我恢復——或者說清除文明——的速度比我們想像得更迅速，而且能力驚人。

我們乖乖走回混凝土路，沿著島東的大埔路朝福正踱去。福正和大埔一樣，也是個人去屋空的老村子，但視野開闊些。白馬尊王廟的封火山牆既尖銳又豔麗，面對凡人全心的崇仰，白馬尊王會不會在祂的世界表示謝意，因爲信眾把最美麗的最醒目的留給祂的居所，對自己安身立命的所在只求穩固，在花崗石素樸的色澤之外，幾乎看不見藻飾。攝影師穿梭在迷宮般的巷弄，盡量不讓新起的屋子入鏡。他說隨便一面老牆都勝過高大的「假石屋」。

我不清楚他從哪個角度去看以致得出這樣的好惡，但當我安安靜靜貼近石屋，從少數未封死的窗格望進天光僅能稍稍點亮的幽涼的室內，看見擱置的漁網、浮球，塌壞的床與櫥櫃，有的屋子空無一物。其實不必空無一物，少了人煙的屋子大致都給人空蕩蕩的印象，一種事物被抽掉精神的空疏。

後來，我瀏覽了攝影師的工作成果。有一幅照片從東犬燈塔所在的高處俯瞰村子，另一幅卻從石屋與石屋之間的縫隙望見燈塔，將兩幅照片並置來看，會發現時間的痕跡在老屋身上刻畫得眞的非常明顯，那似乎是荒置所致，照片十分清晰地捕捉了事物因時間而疏匱的狀態。我想起退潮後的福正沙灘，船筏歪斜擱淺其上，那不僅僅是蒼涼，彷彿是「虛無」這個詞的具體形象。

從福正回大坪，我們繞了遠路，沿著小島西北角走上車轍道，風颳得有些粗狠，草抖得厲害，落日彷彿趕著奔向地球另一頭高升似地沉得很急。忽然間，我感到四周的景物正在醞釀只有夠慢的步行者才能感受的蒼廓的味道，與東莒島連而不黏的犀牛嶼，獨立的永留嶼，它們的形狀不可能在速度中被描繪。

空氣中的海的氣味確實與我熟悉的不一樣，那是一種因爲時間因爲世世的遞嬗而不得不有的疏遠，我之所以獲知其中的差異，必須完全歸功於步行。

那天夜裡我們跟著一群人瞎起鬨，跑下猛澳沙灘，在波浪退去的沙灘上用力頓足。點點藍光魔法似地亮起，陣陣驚呼與讚嘆卻比腳下的光芒更燦爛。我們踩著星砂，踩亮一種叫做渦鞭毛藻的物類。有些事情沒有壓力就不會有光芒，這大概是微微螢光透露的訊息吧。

王威智

東華大學創英所畢業。曾任教師、編輯，曾編撰「背包客」旅遊摺頁（馬管處，二〇一〇）及《馬祖在馬祖》（馬管處，二〇一一），《馬祖歇心帖》（馬管處，二〇一一、二〇一二）。著有散文集《我的不肖老父》。

服預官役時曾自願前去金馬，當然被悍然拒絕，那時馬祖是個想去去不了，不想去卻非去不可的奇異之地。沒人料得到時勢變化的速度，馬祖可以自由來去了，那一串小島讓我明白蕭瑟、蒼茫是怎麼個美法。

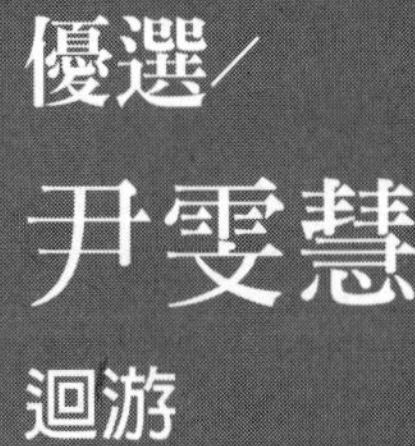
優選／
尹雯慧
迴游

沒有想過，這竟然是一種歸鄉的心情。

當整個上午因天候惡劣而取消所有飛行的沮喪瀰漫，機場大廳此時傳來廣播，通知我的航班可以進入登記辦理的程序，霎時間歡呼聲四起，我看著那些原本沒有面孔的陌生人一一起身離座，輕盈的身影在我眼前一朵一朵地產生了立體的線條；我從來沒有見過這些人，但因爲懷抱著共同的等待，而在心裡不可思議地出現了一種同舟共濟的感覺。

你說，攀越過無數大山大水的前輩，就出生在我即將抵達的島嶼。那是我們在千里外的佛國巧遇，而後連綿漫談的某一場對話中，提到關於未來想像時，你提及的一段父執輩的友誼。前輩終其一生追隨自然，而年輕的你仍在思考築夢路徑的可能性中，徘徊躊躇。

懷裡揣著那篇從網路轉印的文章，一份數百字的文件，簡單扼要且條理清晰地說明，一個人人生最後的旅程。在網路資訊張牙舞爪的世界裡，要搜尋一個人的描述並不困難；然而，人的靈魂似乎因爲科技發達而變得虛幻，視野因爲單一角度而顯得扁平。出發前，我細讀了字裡行間的每一次呼吸，試圖感受前輩匍匐在聖山前的謙卑，以及恐懼。當強風在機翼旁形成一種阻擋的力量，亂流顛簸中，我想起了你談著前輩種種事蹟與忘年友誼時，眼裡只有孺慕嚮往的神情。

你們來自相同的島嶼，何以看去如此相似卻又迥異？

五月十七日，花了近二十四小時之後，前輩成功攀登世界第四高峰——洛子峰，但卻因此氣力用盡。因爲兩名雪巴嚮導的極力勸說，勉力走回第四高山營，隨後倒下。

卸下背包，我的視線在閩東式四合院建築改建的青年旅館裡來回逡巡。木桌木椅，飛簷跳梁，沉穩的天井汲取著陰鬱的天光。屋瓦上疊壓著石塊，薄薄的青苔沿著石縫一路蜿蜒，穿透房間的窗戶看去，猶如印象派的揮灑。循著隱隱的海濤聲走去，才發現原來青年旅館其實是在鄰近沙灘的窄巷裡，寧靜地蹲踞著。沿途的街道，裝飾以一罈罈的酒缸，花崗岩堆砌的民宅，一幢幢攀爬在峭立的山岩。許多建築都廢棄了，然而海浪迄今吟唱不絕。前輩早年曾經在這個聚落求學，那時，這個以釀酒著稱的村落還是繁華豔麗的吧？是一種海洋式的堅韌潛移默化了前輩的童年，於是面對艱險，他仍選擇不顧一切攀登頂峰？我獨自站在這座夜裡會發光的宇宙邊緣，浮想連翩，浪濤拍打礁岩的聲音，突然間幻化成你的語言：小時候怕黑又怕高，長大後，卻忍不住往更黑更高的地方走去。

五月十八日，救援直升機因為天候劇變無法降落而返回基地營。一名美國登山客自願留下照顧前輩，前輩及雪巴嚮導給藥後，美國人出發攻頂。五月十九日，雪巴嚮導下山，一度誤傳前輩已逝，但其實由另外兩名英國登山客接手照顧。美國人攻頂後返回察看前輩，因體力耗竭先行下山。

騎著旅館借來的摩托車，在被雨季濡濕的小徑裡，走街串巷。從小島上的許多角度都可以看見矗立馬港旁山腰上的媽祖巨神像，姿態優雅萬千，俯視著眾生。據說秋天這座宗教園區就要落成，屆時將舉行熱鬧的升天慶典。成長在另一個島嶼的我，對媽祖信仰一點都不陌生。在你的原鄉，祂是漁民的守護神，在我所屬的土地，祂已成為越海移民的精神象徵。數百年來，祂以分靈的方式，用不同階層的形象守護著祂的子民。我們透過進香、刈火的儀式，強化對媽祖敬仰的力度與向度，前輩是不是也曾經一次又一次，站在祂的「肉身靈穴」前，浸潤在這樣的力量中，積累他實踐夢想的浪漫虔誠？天后宮裡靜靜地佇立一尊，前輩帶著登上珠穆朗瑪峰的媽祖神像，微光中，祂溫柔的微笑顯得悠遠綿長。前輩的執著信念，你極其佩服，但我卻不停想著，當他在聖山陷入昏迷時，風雪呼號聲中，是否曾經見到媽祖來到他的夢裡？是否安慰了他也許恐懼非常的心靈？

五月二十日，凌晨三時前輩病情突然惡化，兩名英國登山客連續爲他CPR三個小時，清晨七時宣告不治，遺體從此長眠洛子峰。

停下機車，走進一道被塗成迷彩色的大門。這個海防據點突出於沙灘與坑道之間的一座峽角，軍事地位極其重要。你曾經提過島嶼尚未開放觀光時，童年時代的軍防演習，以及宵禁的夜晚，伸手不見五指的闃黑如何無盡地蔓延整個世界。軍人的綠是回想兒時記憶時，一道必然的風景。走進坑道裡，狹小的空間讓我瞬間感到壓迫異常，儘管有燈光照明，但卻只讓我看到廊道無可迴旋的空間，頓時心情更顯窘迫。在戰地從軍必定需要過人勇氣，我想。曾經身在行伍的前輩，對於黑暗，想必已經習以爲常了吧？前輩因爲理想而終於將己身布施給大地，然而，對於那些奮力挽救他最後生命的異鄉人，即使希望猶如坑道盡頭渺如燭火的光，仍然不願放棄，前輩是否有來不及說出口的道別以及感謝呢？好好地道別是人生中，最後一件令人掛心的事吧。

你提醒著，文物館裡，正展出前輩的字畫及歷年登頂的影像紀錄，是對他的一種紀念。於是我按圖索驥，來到這棟嶄新的仿閩東聚落建築。空曠的展場，沒有其他遊客，我是唯一的闖入者。右面落地窗前擺放一張長椅，窗外是蓊鬱的綠林，彩蝶成群。開幕的新鮮花束迆邐滿室香氣，我深深地吸了一口氣，芬芳的感覺沁滿整個身體。我閉上眼，一片全然的寧靜。沒有想到，此刻，竟然是一種久違的歸鄉的心情。

尹雯慧

劇場工作者，曾參與多齣舞台劇演出，新銳劇團〈十三月戲劇場〉創始團員。二〇〇七至二〇〇八年環遊世界一周。二〇〇九年行政院客委會築夢計畫得主，前往藏地轉山三個月。二〇一〇年接受台灣圖博之友會贊助，前往印度達蘭薩拉長期駐點採訪，並於二〇一一年迄今，多次籌組臺灣參訪團深入流亡藏區交流採訪。作品曾入選林語堂散文獎決選，獲得桃園文藝創作獎、葉紅女性詩獎、國藝會創作補助計畫等。

旅行對我而言，始終是一個打開自己的方式；移動的風景經常反顯某些真實的人生面貌。來到馬祖，是一種很特別的緣分，千里之外的萍水相逢使我踏上這個美麗島嶼，也因此有了這篇作品。感謝一路上所有成全我的朋友們。

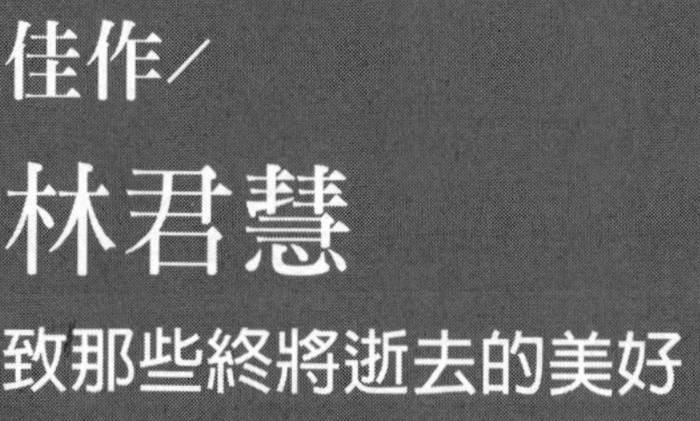

佳作／

林君慧

致那些終將逝去的美好

你一定還記得那年夏天的寧靜海潮，用一種獨特的溫柔穿過蔓生的月見草漶漫上你的腳邊的那種觸感吧？對，寧靜的潮。在五光十色的臺北城放肆了青春之後，那輕淺的、騷弄你心頭兒的、海浪刷洗上糖似的灘上所發出來的寧靜的音聲，你眞確而虔誠地相信了，那是寧靜，即便相隔再遙遠的海角天涯，你都能循著黑夜裡窗外襲入的浪濤聲回到這魂牽之地、夢縈之所。

你總記得夢裡面有那麼一段被浪困住了的童年。天是灰的，山很沉默，雙彎形的沙灘上還沒趕上文明步伐、還未擱著水泥路時，你跟她和他，掛上繫帶的學生鞋，拄著相思樹的枝條，哈比人似的向著爲浪所掩去來路的小村突突前進，偶有浪勢過巨的，你們本能地停在原地等著大海拉回浪潮，然後無畏的向前突刺。

向前突刺，刺！軍用大卡車總在有月光的夜晚乘載著大半村人趕赴喜宴，碾壓在潮間帶濕地上的車輪胎紋，比你的大拇指還寬。民眾服務中心的集會場所是孩子們的聯誼之地，吃飽喝足後，照例是沿著海潮粼粼的沙灘步行回家。波光瀲灩是華麗而炫目的，但在這兒，夜晚的潮光是輕柔的閃耀著銀緞般的色澤，就那麼一眼，此生怕是再也忘不了了，何況你是不肯忘的！

怎麼會忘呢？早來的東北季風從大後山與風山間的罅口搔颳而來時，你拉高衣領知道這又將是個長凍瘡的季節。那凍瘡啊，你說，熱的時候癢得要人命哪！但又不能抓，抓了就破，破了就流水流血，流水流血就爛手指爛腳趾還爛耳朵。唉唉，那麼凍的天……但你是不怕的，鐫刻印記般，生長在這文明荒島，注定感受這麼一遭輪迴。然則你不愛用「荒」，在你看來一切都不荒。貧脊的山上總開墾出一大片錯落的梯田，地瓜、玉米、大白菜，翠綠的絲瓜藤爬滿棚架；家門前的潮間帶是最新鮮的海味供應所，你挖沙蚌、海瓜子，你的母輩們揉紫菜、撬佛手、摳藤壺，你的父輩們個個是英勇的漁人，滿載著餵養一大家子的希望年年風裡來浪裡去，苦哪！但他們從來不說。於是乎你的童年變成沙蟹在金黃的灘上奔馳，在擱淺的舢舨裡捉迷藏——刷舢舨的防水塗料總讓你渾身奇癢無比；在淺淺的後灣泅泳，跳盪出四濺水花；在後山的梯田斜徑邊看一隻金龜子的啃食，有風吹過，鹹鹹的，噓——．你說這就是風的味道……

生活似乎有那麼點跟不上現代化的速度，時間的流淌在這兒近乎靜止。

你就讀的那國中的所在村落也是一樣。一大片的靜默從那時便占據了整片山坳，風穿過茂盛的芒草，鑽進每一間曾經繁榮過的老屋時所發出的沙沙作響，門牆頹圮，晦暗的窗內讓你覺得有什麼正覷著你，你抗拒攀爬學校後的三百階梯，但你要回家，翻山是最快的捷徑。你認識從那個村來的同學，佩服他們好大膽子固守陣地，阿兵哥都撤去大半了，三戶人家碩果僅存！後來，他們也都離開了，臺灣或著南竿，你跟他們一樣負笈他鄉……

機場的擴建掩埋了記憶中的海灣，你挖到巨蚌的祕密基地長出又寬又直的水泥跑道，連結兩村落的道路年年裂了又修、修了再裂，反反覆覆，一座永遠存在你夢裡的茅草屋頂的涼亭，漂移在很深很深的空間裡，在那裡，你還幫著捕魚的阿翁[1]拉線整理漁網，線頭就固定在亭柱上，阿翁缺乏耐心的正念你笨手笨腳，而你猜想著他臉上皺紋的深度與膚色的黝黑度是否一樣時，誰家的依嬤在門口扯開喉嚨喊著：

「阿咪央[2]——轉哩喫飯喔——」

啊！你該回家了，你記起誰說過有親人埋葬的地方就是家鄉，大後山上不就正躺著你父輩母輩的祖祖先先們嗎？滄海雖則變爲桑田，那名字都還在的，你們不就憑著熟悉的名兒對號入座嗎？

啊！你說，也只能依名對號入座了。文明發展的速度遠超過你的預料所及，赤腳越過雙面潮水所夾擊的沙灘，彷彿是昨日才經歷的偉大冒險呀。按你記憶中的美好之圖，追索你執意認定的沃腴之地，在博弈動土之前，你說，你要再看一眼，然後深深地、用力地記著，記憶中這島嶼最美好的樣子……。

---

①馬祖地區福州方言稱祖父爲「阿翁」，本文用字取其諧音。

②馬祖人慣稱家中最小的孩子叫「阿咪」或「咪央」等。

林君慧

類馬戲團馴獸師，設帳臺南鄉野，生無所好，唯囈語爾。

秋風起兮，溫一杯依媽釀的老酒遙想北地，文學的藤於焉滋長蔓生，溯往食鮮沃土。

敬馬祖！

佳作／

鄭素娥

馬祖情深

那年，他從馬祖寄來一張身著軍裝的黑白照片。照片滑出信封的刹那，我曾嬌羞，驚喜。少女情懷只敢迅速藏入書頁，然後，躲進廁所，細細觀賞他俊帥英挺的模樣。

曾經，嘉義縣水上鄉南靖代用國小的歲月裡，有他調皮被老師處罰的模樣。曾經，匆匆走向南靖火車站，趕著搭火車上班，眼角卻瞄到他端坐在他家門口看報的模樣。

然後，我不必再羞澀地偷瞄他的模樣，我們結婚了。我可以盡情地撫摸他臉上每個坑坑疤疤的青春痘疤。

在他口中，馬祖有碩大肥美的黃魚，冷冽的寒冬裡，只有高粱酒能驅走攝氏十度下的冬夜，馬祖的歲月，留下他跟工兵弟兄們努力建設的成果，有碼頭擴建，打坑道，建造大禮堂。

我也在家中招待他的弟兄。看他們親如兄弟的把酒言歡，四十年前抽到金馬獎的好男兒，確實有奇特的珍貴友情呢！

五年後，我們應一位家住瑞穗的許姓同袍邀請，帶著兩個孩子長途跋涉、摸索著抵達瑞穗。以三十年前的花東交通情況，這趟花蓮行確實是長途跋涉呢。

一到許家，許媽媽不但準備了一大桌豐盛佳餚迎客，還頻頻說著：「排長好。」「謝謝排長照顧。」好客誠摯的盛情，又是馬祖弟兄情的綿綿延續，孩子們也親近了後山清淨的青翠山脈和碧藍海水。

一位在通化街開家具行的同袍，特地來我們家量製兩座床邊收納櫃及兩座靠壁的大書櫃，貼心的在書櫃中間裝上可收納的桌面喔！

三十多年來，所有的櫃子依然堅固如昔，日日睹物思人，時時喚醒馬祖情。無奈後來家具行易主，新店主只告知，老弟兄好像回鄉下養老了。

最最令人讚嘆奇妙緣分的是一位林姓同袍，他婚後帶著妻小來訪，自此兩家往來甚密，直到三年後，在一次不經意的聊天中，才發現林先生原來是我熟稔十年的林姓學生的二哥！小小世界眞奇妙喔！

馬祖是一個什麼樣的地方？又如何醞釀出這份讓人永難割捨的弟兄情懷呢？

直到二〇〇一年一月二十日，我才親自目睹了這個迷幻離島的魅力。

十三年前，兒子海洋大學研究所一畢業，居然也抽到馬祖服役！父子倆確實是生命共同體。

過年前夕，海軍馬祖指揮部的林指揮官來函，邀請我們全家到馬祖探親，外子與我加上兩個女兒，全家浩浩蕩蕩的，晚上七點多，就迫不及待地抵達基隆西岸旅客碼頭，開著車，駛上臺馬輪，外子的懷舊之旅，交織著探親之旅，十點開駛嘍！

甲板上，寒風撲面，璀璨的夜景，閃爍在漆黑的冬夜裡，也驅走了些許寒意。興奮的兩個小女生，在那新奇的海上郵輪上，拍照又探險。幸好風平浪靜，臺馬輪上一夜好眠，晨曦中，紅色碩大的「枕戈待旦」四個字好醒目，南竿到了。

直奔海軍指揮部，兒子已經在門口迎接我們了。看到一身迷彩服、神采奕奕的兒子，我忍不住上前擁抱他，挺直的腰桿，壯碩的體格，讓兩個妹妹直呼：「哥哥！你好帥喔！」

指揮部特地為探眷安排的「長風山莊」，整潔又舒適。撫摸著柔軟的羽絨被及枕頭，兒子一邊幫我們放置行李，一邊說：「指揮官擔心你們受不了這裡夜晚的低溫，特地採買了羽絨被。」

「別擔心我了，你沒跟指揮官說，我也在馬祖服役兩年了。」外子得意地說：

「不過，三個女生是怕會冷得睡不著，羽絨被眞的需要。」

好感激林指揮官的貼心。

然後，與指揮部弟兄一起用中餐，豐盛的菜餚，加上指揮官熱情地頻頻勸菜，我們不但大快朵頤，更是溫馨滿懷。

午餐後，兒子得到休假，陪我們一起開車暢遊南竿。

外子好興奮的舊地重遊，一邊誇獎當年他們親手種下的小樹苗，如今已經綠蔭成林，一邊欣賞當年他們弟兄建造的中正中學大禮堂，仍健碩如初。我跟兩個女兒開心地欣賞南竿美景，鐵堡的岩礁及天后宮的雕梁畫棟，都讓兩個女兒搶拍入鏡。

第二天我們去北竿。一抵碼頭，包了一輛計程車，司機大哥一路爲我們詳加導覽北竿美景，方便又省時。

最令我們感動莫名的是全長七百公尺、深入山腹更貫穿岩壁的北海坑道。沁涼寒意，抵不過入眼的鬼斧神工，當我們走入深邃的坑道時，不得不讚嘆當年千百名官兵，歷經三年，日以繼夜的挖掘這花崗岩壁的毅力，更有百名犧牲的性命，留下如今這一幕幕動人心扉的，幽暗又閃爍的迷幻水中倒影。

我最愛花崗岩建築群的芹壁石屋聚落，遠遠望去，陽光下，整個岩壁的色澤好迷人。司機大哥教我們欣賞這保存與修護最完整的閩東傳統聚落，精美的「人字砌」及「工字砌」外觀建築，內部是由大陸運來的福杉，冬暖夏涼，舒適宜人。

窗外的碧海，藍天，白雲，仿若置身於地中海風情畫中！難怪民宿一室難求，誰不希望徜徉在這片忘憂的美景中？

兩天的探親假期，匆匆而過，捨不得跟兒子說再見，也捨不得跟這迷幻的離島道別。

臨走前，林指揮官特地贈送我們兩張放大又護貝好的照片，一張是第一天我們抵達「長風山莊」前的全家福，溫煦的冬陽，灑落在燦爛的笑容裡；另一張的上半部是大家所鍾愛的營區狗弟兄們，兒子如數家珍的告訴我們，Seven如何盡忠職守，妞妞如何黏人惹人愛，皮皮又如何搗蛋；下半部是營區冬天開放的花朵，指揮官精心的爲嬌豔的聖誕紅、玫瑰、薔薇，還有草叢中的幸運草花、酢醬草花、油菊等小花拍下可貴的倩影。

如今，這兩張照片仍貼在兒子的房門上。兒子的馬祖情已經延續了十二年。

喔！馬祖！雖然我不是生於斯長於斯，我卻不得不愛戀著你，因爲，你懷抱著我生命中最鍾愛的兩個男人的青春歲月呢！這份馬祖情，何其深，何其妙！

鄭素娥

一九六七年考上成大外文系，參加寫作協會，邀請余光中、司馬中原演講；編校刊《成大青年》，連續兩年獲得「全國青年期刊」競賽第一名。一九七五年出版《輕輕雨聲》散文集。

婚後北上，任教補習班，並繼續喜愛的編輯工作。育有一子二女。

獲獎的通知，讓我驚喜之餘，些許重拾面對日漸筆禿的勇氣。

自知努力不夠，自覺形慚，下筆但求直書心中所愛念的過往，但求坦然記載唯恐一朝將遺忘的美麗，用字遣詞自是淺顯粗糙，能承蒙評審的厚愛，心中有愧。

請分享我們對馬祖的深情，也一起愛上馬祖的美。

散文類決審會議實錄

會議時間：二〇一三年九月十二日（星期四）下午三時
地　　點：臺北書院望月茶坊
決審委員：陳怡蓁、廖玉蕙、簡白（依姓名筆畫序）
列　　席：田運良、林瑩華
會議記錄：黃彥慄

決審會議開始，感謝三位評審老師接受連江縣政府文化局與《印刻文學生活誌》邀請，參與二〇一三馬祖文學獎散文類的決審會議。今年徵獎主題「馬祖・人・愛芹海」，散文類設定主題「馬祖」，參賽者必須曾經實際抵臨馬祖生活遊歷。本屆散文類作品有八十一篇投稿，交由老師評選出首獎一名、優選一名與佳作二名。若作品未達評審標準，評審將有權決議得獎作品名額之增刪。在此代表文化局感謝三位評審老師之與會，請三位評審推派主席。

經由其他二位評審推薦，此會議將由評審陳怡眞老師擔任主席。

三位評審發表決審會議評選感言。

廖玉蕙：這次作品部分切入點特別，不單只是走馬看花，文章大體上都不錯，我挑選出題材較特殊或觀察細膩的作品，文字的基本功亦要達到。

簡　白：因馬祖地區屬離島，大家抵臨遊歷書寫的地景頗多重複，我偏好樸實篇章，內容不要文藝腔或千篇一律，可以凸顯出馬祖文學獎的特色，用自己的角度寫出在地的故事性。

陳怡眞：遊客的走馬看花我不會挑選，希望選出的作品是有馬祖特色與情味的篇章，若題材特別、流暢、感情豐沛但文字不足，我亦會納入考量。這次平均水準有提高。

第一輪投票

每位評審圈選四篇作品，共有十篇作品獲得票數，得票情況如下：

〈馬祖情深〉：一票，簡白
〈馬祖美食〉：一票，簡白
〈奇幻島嶼〉：一票，廖玉蕙
〈迴游〉：二票，陳怡眞、廖玉蕙
〈致那些終將失去的美好〉：二票，陳怡眞、廖玉蕙
〈寄情北竿〉：一票，陳怡眞
〈延續的神話〉：一票，陳怡眞
〈霧探藍眼淚〉：一票，簡白
〈如果在小島，一雙腿〉：一票，廖玉蕙
〈海島人家〉：一票，簡白

〈馬祖情深〉

簡　白：用母親、太太的角度書寫。家人在馬祖當兵，描述自身去探親的心情，開頭的少女情懷寫得不錯，女性觀點，充滿感情，細膩不誇張，自然感人，不故意討好，又充滿人情味。

廖玉蕙：文字有比較大的問題，最後描述有點濫情。

陳怡眞：內容平鋪直敘，不脫觀光客角度，沒有深入。感情有點刻意。

〈馬祖美食〉

簡　白：題材特殊，用福州人的觀點看馬祖小吃，寫食物與福州的淵源，以及兩岸政治變化帶出的牽連。描寫食物迎合當地變化的不同口味，滿眞實的，有多元性。

廖玉蕙：寫得太簡單。

〈奇幻島嶼〉

廖玉蕙：我想推薦這一篇，其顚覆寫作馬祖的傳統觀光角度，用觀光客角度談馬祖現代化的緩慢，寫日報、神明、語言……等等與臺灣的不同，如神像的臉孔表情、秤重斤兩。表達馬祖的傳統與現代衝突，描寫景點、人物觀察細膩。題目扣主題「奇幻」，作者用不同一般的觀光視角，相較當地與臺灣的差異，筆調俏皮有特色。文字乾淨順暢，奇幻感受打動我。

陳怡眞：跟別篇相較，我沒選是因作者直覺性的書寫，結構不夠緊實，味道不夠，前頭亦花太多時間寫怎麼到達馬祖。語調尋常又年輕式的直覺反應，有點直接輕挑，似乎不夠耐心。雖然主題「奇幻」，但亦不到奇幻程度。

廖玉蕙：最大的問題是開頭太長，若論「奇幻」主題，似乎不到那麼奇幻，但作者呈現的感受比較不同。

〈寄情北竿〉

陳怡貞：作者描述當年在馬祖當兵苦中作樂的種種，描繪得很好，寫出嚴格肅殺與部隊移防等，在當兵的刻苦嚴峻中去觀察馬祖的情態，島嶼的老和滄桑，從站崗的失眠到補給船的情形，我覺得很真實，文筆不錯，有呈現出當兵的複雜心情。

廖玉蕙：我很討厭「朗讀藏在彼此胸臆中的情愫」這句。

陳怡貞：對！我也是。

〈延續的神話〉

陳怡貞：挑選這篇理由單純，它有別以往景點式的描述文章。觀鳥的角度書寫，大家比較不瞭解到馬祖還可以做這麼多的事情，馬祖有這麼多的島，她是一個神話的島嶼又有這麼多的鳥。

〈霧探藍眼淚〉

簡　白：很多篇寫藍眼淚，這篇最詳細，以年輕人的角度，寫出探險推理的味道，曲折詳細。

陳怡眞：文字不錯。

廖玉蕙：常常有人集中寫藍眼淚，同類主題比較後，我選擇其他書寫較細膩的篇章。

〈如果在小島，一雙腿〉

廖玉蕙：用徒步走路，以不同觀點深入切入，凸顯馬祖特色，寫行走與開車對於風的感受；對於泥土地與魚路的不同；負重物趕路與輕鬆獵取鏡頭的不同；談大陸跟小徑不同；又談攝影高角度的不同；神明與凡家建築的不同；連結島嶼與獨立島嶼不同。連行走空氣的味道亦不同，結尾很棒，談時間變化，觀點對照有意思，文字好，我強烈推薦，我覺得寫得很好。

陳怡眞：剛剛玉蕙講的很多優點我都同意，此篇沒選入是希望能突破馬祖景色的書寫角度與題材。

簡　白：這篇有點像苦苓，樸素沒有文藝腔。另外此篇沒使用第二人稱，其他很多篇用「你」第二人稱來書寫，有點做作。篇中寫到的小路我走過，路徑是很明顯的路，不可能中途退出的，旁邊亦有軍人的墓。

〈海島人家〉

簡　白：作者應是勘景人員，透過鏡頭來看馬祖，有專業素養，跟一般用眼睛描繪不同。細膩準確，用專業人員的角度描述馬祖，觀點特殊，鏡頭冷靜，我滿佩服的。

〈迴游〉

廖玉蕙：用第三者角度回想異地過往與李小石，用新聞訊息與自身描述交替穿插，從朋友對李小石的傾慕，回溯寫對山的情感，有些特別的東西，談到佛國巧遇、心情矛盾與小石的信仰或遺憾等等。算是滿完整的篇章，寫作技巧稍微有些不同。但有點膚淺，比方沒有談到深刻的李小石心情，問題在於隔了一層，他是透過朋友去認識李小石。

陳怡眞：選這篇是因爲跳脫了走馬看花的觀光，小石是馬祖的傳奇人物，作者有心有感情，寫作技巧用揣想現實情境，用好奇去探索生平，題材特別，我滿喜歡的。

〈致那些終將失去的美好〉

廖玉蕙：作者是馬祖人，發出對博奕無言的抗議聲音。題目點題，博奕動土前對於故鄉的憑弔，優美惆悵，從小時候談起，談蔬菜的瓜不苦、沙灘上奔跑……，文章很短，嘎然而止，有點可惜，以爲要繼續就結束了，佳作是可以的。

陳怡眞：文字好，寫童年回憶，我喜歡他講小時候的凍瘡與祕密基地，寫突刺的情節轉折也有意思。另外我很喜歡「你記起誰說過有親人埋葬的地方就是家鄉……，你們不就憑著熟悉的名兒對號入座嗎？」這一段，我很感動。作者是眞正馬祖人，寫出來跟觀光客不同，很有感情，寫出當地居住的人情味。

廖玉蕙：怡眞提到那一段，「對號入座」的成語作者似乎有點誤用。

第一輪投票的作品討論完畢，十篇作品再次表決，評審對得票作品附議支持或選擇放棄，每篇獲取二位評審以上的支持，即可進入第二輪投票，通過之作品共計六篇：〈馬祖情深〉、〈奇幻島嶼〉、〈迴游〉、〈致那些終將失去的美好〉、

〈延續的神話〉、〈如果在小島，一雙腿〉。

第二輪投票

第二輪投票將選出首獎一名、優選一名與佳作二名。此輪投票以分數排序，最高分六分，次高五分，依此類推，最低為一分。總分越多，排名越前，得分情況如下：

〈馬祖情深〉：七分（陳怡眞二分、廖玉蕙一分、簡白四分）

〈奇幻島嶼〉：七分（陳怡眞一分、廖玉蕙五分、簡白一分）

〈迴游〉：十三分（陳怡眞四分、廖玉蕙四分、簡白五分）

〈致那些終將失去的美好〉：十一分（陳怡眞五分、廖玉蕙三分、簡白三分）

〈延續的神話〉：七分（陳怡眞三分、廖玉蕙二分、簡白二分）

〈如果在小島，一雙腿〉：十八分（陳怡眞六分、廖玉蕙六分、簡白六分）

第二輪投票結束，最高分爲〈如果在小島，一雙腿〉十八分，獲得首獎；次高分爲〈迴游〉十三分，獲得優選；第三高分爲〈致那些終將失去的美好〉十一分，獲得佳作。佳作尙餘一名獎額，此輪投票〈馬祖情深〉、〈奇幻島嶼〉、〈延續的神話〉三篇作品同列爲七分，評審再度進行投票，〈馬祖情深〉獲得三位評審共同支持，勝出獲得佳作。

現代詩

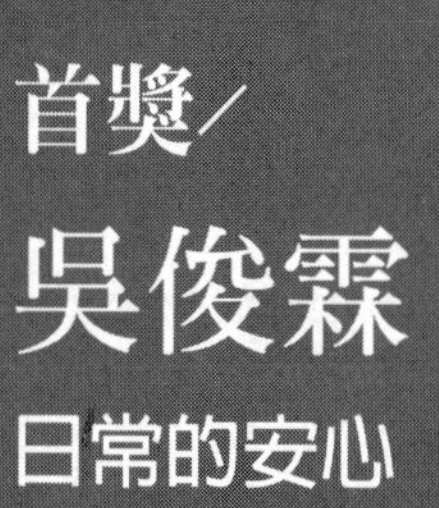

首獎／

吳俊霖

日常的安心

坐下來，聽煙硝穿越時間
震盪歷史的回音在岩壁之間
牽引海洋的布幔，覆蓋
燕鷗棲止的礫石灘，而薄霧
正以輕緩的滑翔掀開迷彩
的列嶼，船隻過際，看東湧
燈塔的身形於朦朧之中
指引三月海風從南方捎來
暖濕的隱喻，擦響霧笛

遊人們亦曾多次排排挺立
於巨石之前，思索情感的迢遞
如何凝滯成時光的標語
與意志的索引。聆聽海潮
激越那些年的雷聲與電擊

想像流火是如何潑墨天色
如何以鋼鐵的無畏之心
爲家園落下鮮紅色的名款

然而生命不必然皆有答案
坐下來，待視野爬上階梯
迎來中柱的堤道拉長島嶼
看遠處的水霧若記憶的煙硝
煙硝若纖微的綁繩，垂掛
在海蝕的條柱之上如一束束
直立的卷軸，平穩而安靜
便援續著漁民們日常的安心

吳俊霖

筆名崎雲，一九八八年生，臺南人，曾任《風球詩雜誌》發行人，目前就讀國立新竹教育大學中文所碩士班。曾獲X19全球華文詩獎、屏東縣大武山文學獎、客雅文學獎、銘傳文藝獎、一〇一年教育部文藝創作獎、金門縣浯島文學獎、懷恩文學獎、苗栗縣夢花文學獎等，作品發表於《風球詩雜誌》、《創世紀詩雜誌》、《乾坤詩刊》、《笠詩刊》、《人間福報》副刊、《台灣詩學吹鼓吹詩論壇》刊物等，曾入選顧蕙倩與陳謙編著《閱讀與寫作——當代詩文選讀》及中華民國筆會《當代台灣文學英譯》、喜菡文學網詩歌選集《詩隱》等。著有詩集：《回來》（二〇〇九，角立），目期爲風球詩社、窺詩社同仁。

不時有風不告而來，與日常的流光一起進取肉身的病痛，像寓示著「存在」本身，有時，便是一種傷害，亦如我，性格的稜角總多次割傷虛空，然而卻又總是被虛空所宥諒與包容。謝謝評審，謝謝無論風雨皆陪伴在我身邊的愛人。

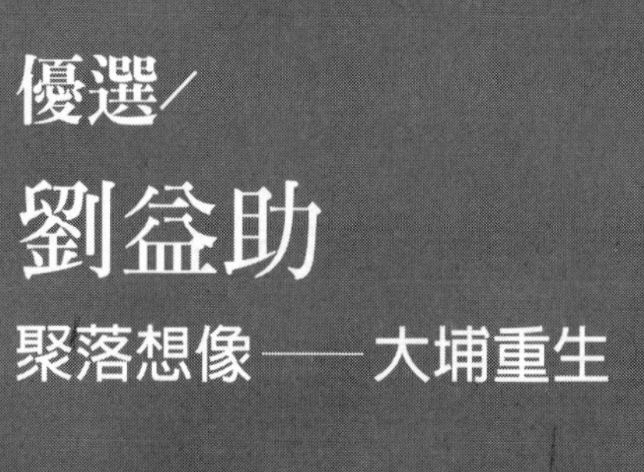

優選／

劉益助

聚落想像——大埔重生

只剩石屋仍苦撐著
木門很沉，主人離去後就沒敞開過
留心每一聲由遠而近的腳步
只盼來旅人一聲喟嘆
我聆聽你不言不語，八風吹不動百年堅毅

只留一葉扁舟泊在峽灣岬角
留守多少個北風吹不進的夜
百餘船旅一夕離去，臨走前捻熄
漁火通明的繁華。
我聆聽拍岸濤聲，浪拾走你的淚
留一道哭痕

只餘古道隱隱於荒煙漫草
初曙的晨光不見絡繹於途的挑水人

只在擺暝夜，神明領路走過百年興衰
我聆聽魚路悽悽，何時身後喧囂再起

歲月割傷回憶，斷裂在夜霧裡的遺跡
蒐羅耆老口述的碎片，我重新拼接你
這兒忽聞煙花樓軟語呢喃
那頭驚見販夫自漁寮穿過
灣外舟帆雲集漁火如畫，迷濛中
浮現一座大埔聚落

劉益助

出生在臺南鄉下，但喜歡旅居在臺北都市裡。輔仁大學資工所畢業，現從事手機軟體開發，但不喜歡寫程式，喜歡讀詩寫詩。參加過幾次文學獎，但這是第一回得獎。希望能讓更多人看到我的文字。

曾經許下一個願望：「總有一天我要得到一個文學獎。」我要很直白的說，接到電話通知得獎的那一刻，好爽！

感謝評審的青睞，感謝有大埔這個具故事性、時代性的聚落。去年九月初見石屋群寂寥但堅毅，我決定寫詩一首，詠讚它的孤美，並期許有更多人看見。

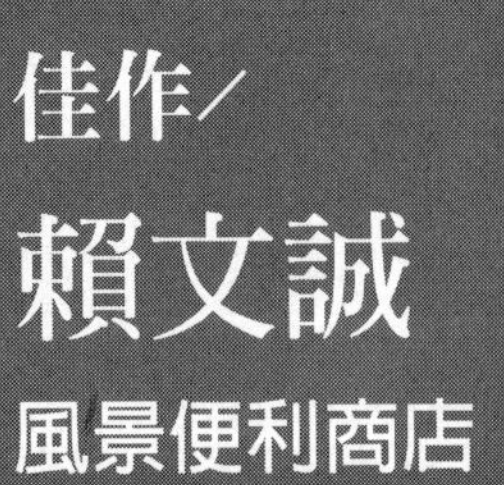

佳作／

賴文誠

風景便利商店

貨源充足的大海，二十四小時供應
輕輕開啓任何一間恆溫冷藏歲月且不需插電的石屋
就可發覺滄桑的賞味期限，還很漫長
島嶼的故事，整齊排列在人字砌的花崗石陳列架上
我們任意在這裡選購限時特賣的心靈感觸
時間還很新鮮，買一送一的閩東式建築廟宇
還可以試著集點兑換彼此虔誠信仰的神明公仔

當東北季風開始促銷原野上耀眼黃色油菊的堅忍
我們便可望見濃霧加量而陽光折扣後，另一種包裝
或者，另一種口味的島嶼天空
直到限量的夢幻商品黑嘴端鳳頭燕鷗
再度加溫五月的神話繁殖季特賣
請將冷卻的坑道與碉堡重新放進歷史微波爐熱過
讓裝填在喉嚨裡的高粱酒，再度試射父兄們

辛辣且氣味濃郁的從軍記憶

不需擔心買不到足夠的夏季島嶼風情
礁岩上隨時補貨的藤壺，已在一個個的迷你火山口裡
備妥了熱騰騰美味的海鮮料理關東煮
就讓寧靜柔美的漁村景色，就讓
溫馨體貼的時光旅遊便利服務
在透明的視野櫥窗間，繼續擺設
繼續布置最簡潔舒適的情感販賣空間

這裡的一切美好，皆定價合理
謝謝光臨，但請記得不要忘記帶走，你最飽足的回憶

賴文誠

國立新竹教育大學碩士，作品屢刊載於各文學詩刊間。

曾獲得教育部文藝創作獎、《聯合報》宗教文學獎、吳濁流文學獎、好詩大家寫、彰化縣磺溪、南投縣玉山、屏東縣大武山、金門縣浯島、澎湖縣菊島、基隆市海洋、臺中市大墩、新竹市竹塹、花蓮縣文學獎、馬祖文學獎、新竹縣吳濁流文藝獎以及桃園縣兒童文學獎等文學獎現代詩獎項，作品入選二〇一二年臺灣詩選，著有詩集《詩房景點》一書。

很幸運的，再次獲獎，內心之興奮無法言喻！

馬祖列島的壯麗美景與獨特的人文歷史就像一間貨源充足種類齊備的風景便利商店，無論何時何地，皆能任意享用。

希望每個到過馬祖列島的人皆能夠順利購買到屬於自己的那一片心靈風景！

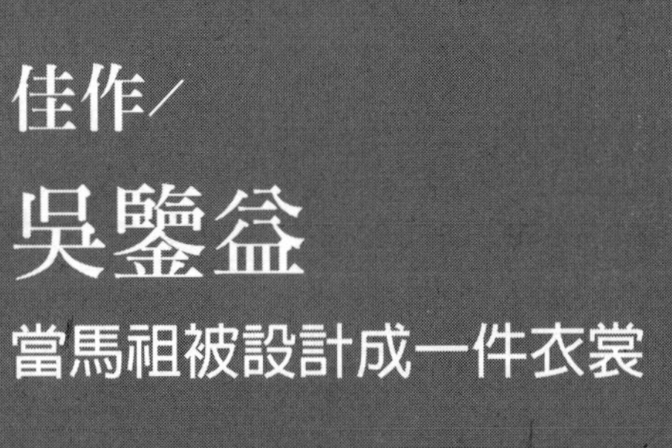

佳作／

吳鑒益

當馬祖被設計成一件衣裳

海岸線吐著花樣的蕾絲，溫柔的泡沫
在水藍色的襯底顯得古典，花崗岩的紋理在視覺上
支撐起嶙峋的衣領，你可以讓衣裙棲息所有生物的釦飾
而島的韌性則環繞成腰身。島上的野百合、南國薊
小油菊和海芙蓉安排在悠緩的肩縫
讓馬祖四鄉的季節更清楚可尋
別忘了先描繪黑嘴端鳳頭燕鷗的神祕氣質〔註〕
讓萬千海波沁入藍色晚禮服，會是獨特的創意
當然露脊鼠海豚的露背設計
會讓視覺典雅的甦醒。衣片曲面的雲台山更可以
輻射出審美的線條，在這裡巧妙的縫綴三面環山
一面臨海的箕袋型聚落，更可以浮雕出靜美低柔的風格
北竿的月形琥珀，在胸口晃漾出審美的平衡
微型的海洋變奏自然的梳出細緻的流線
這時如果吹來一陣海風，會需要感性的背縫

芹壁波動著浪漫的霞光，新手設計師常忘記在此收線
這件晚禮服令人心動的地方，是縫綴著恩愛山的海
可以讓裙子自然下襬，鋪陳出馬祖的漫漫時光
而設計一件衣裳，毋忘在莒的毅力
是設計裡最難達成的，你可以去福正澳口的海邊冰箱
找一個寬敞的地方，飲啜一份裊裊升起的煙霞
那些潮間帶的花蛤，像一片飄動的織錦
讓這件藍色晚禮服，從你的內心靈性地甦醒

〔註〕馬祖的黑嘴端鳳頭燕鷗是鷗科鳥類最稀少的一種，神祕如神話中的鳳凰。

吳鑒益

生於雲林古坑。國立臺南師範學院語教系、中興大學中國文學研究所畢業。曾獲桐花文學獎、台北文學獎、第六屆、第七屆宗教文學獎敘事詩首獎、教育部文藝創作獎、《聯合報》文學獎等。曾任中興大學中文系兼任講師，目前任教於南投縣立南投國小。

感謝評審對本篇拙作的厚愛。從想像出發，想像馬祖是一件衣裳，想像大自然的設計師正在設計它的美麗。

現代詩類決審會議實錄

會議時間：二〇一三年九月十一日（星期三）下午三時三十分
地　　點：臺北書院望月茶坊
決審委員：向陽、沈花末、謝昭華（依姓名筆畫序）
列　　席：田運良、林瑩華
會議記錄：黃彥愫

決審會議開始，感謝三位評審老師接受連江縣政府文化局與《印刻文學生活誌》邀請，參與二〇一三馬祖文學獎現代詩類的決審會議。今年徵獎主題爲「馬祖・人・愛芹海」，現代詩類設定主題「愛芹海」，內容則是以馬祖四鄉五島、海爲對象，書寫島嶼與海之萬般風情的現代詩作。徵稿期間收到投稿作品一百七十四件。此屆決審將評選出首獎一名、優選一名，佳作二名，若作品未達評審標準，評審將有權決議得獎作品名額之增刪。在此代表文化局感謝三位評審老師之與會，請三位評審推派主席。

經由其他二位評審推薦，此會議將由評審向陽老師擔任主席。

三位評審發表決審會議評選感言。

沈花末：此次作品大致水準之上，有詩味，部分篇章有品質，主題「愛芹海」，許多作品將芹壁與愛情結合，婉轉巧妙，部分略粗糙。總之，此次許多年輕的作品，値得鼓勵，算滿有水準的。

謝昭華：較優秀約十五篇，因應主題，希望年輕作家寫作時，能把「人文」帶入馬祖的環境中，故挑選篇章時，無論寫景抒情，較有人文氣息的作品，我會優先挑選。

向　陽：兩位委員意見我認同，主題是地誌的書寫，必牽涉到地方景象與人的感情、回憶、認同，故「人文」必要帶入。此外我認爲「時間」亦是要素，三四百年來馬祖地區的人事與歷史景物係由時間變化而來，於是參賽作品背後是否有較深厚的故事，並非只是單純情感的歌詠，亦是我選篇的考量之一。地誌文學是一種地方書寫，裡頭若帶入對地域的瞭解認同，那詩就不只是風景詩，更是人文心靈的詩。

第一輪投票

每位評審圈選五篇作品，共有十四篇作品獲得票數，得票情況如下：

〈日常的安心〉：二票，向陽、沈花末
〈考古亮島人〉：一票，沈花末
〈風景便利商店〉：二票，沈花末、謝昭華
〈芹壁・海〉：一票，向陽
〈馬祖紀行〉：一票，謝昭華
〈生態芹海〉：一票，向陽
〈島的思念〉：二票，沈花末、謝昭華
〈最近的地方感受溫柔——訪芹壁聚落及覽縣志有感〉：一票，向陽
〈說平常話的小島〉：一票，向陽
〈最美的畫面〉：一票，謝昭華
〈聚落想像——大埔重生〉：二票，沈花末、謝昭華
〈海角絮語〉：一票，向陽
〈告別海岸之後〉：一票，謝昭華
〈當馬祖被設計成一件衣裳〉：一票，向陽

〈考古亮島人〉

沈花末：題材考古特別，前三句捨去就不錯。詩味不濃，但題材不錯。

向　陽：我的小疑問是馬祖有無南島語系？我曾查閱資料，南島語系沒有馬祖地區。寫作語言散。

〈芹壁．海〉

向　陽：通過浪漫語調寫南竿到北竿的芹壁與海，表達海洋與岩石及過村之間的對話，最後寫出荒涼，寫法符合我對馬祖的想像，收尾亦表現地質滄桑感。

〈馬祖紀行〉

謝昭華：我挑選篇章以不同視角各選一篇，這篇雖是遊客遊歷，但有把馬祖的歷史感帶出，並非單純的走馬看花。

〈生態芹海〉

向　陽：馬祖沒有太多開發，故生態應較繁複，此篇把在芹海的動植物生態放到童年與家鄉，是不錯的結合。最末段很好，把馬祖黃魚典故經驗融入。

〈最近的地方感受溫柔——訪芹壁聚落及覽縣志有感〉

向　陽：外來客把芹壁聚落的縣志有感，通過歷史資料書寫對馬祖的讚嘆，用油來表現詩感，如第一段寫漁港沉入汪洋等等，帶出陳舊照片的感覺，把連江過往荒涼寫出。至第三段的溫暖色調，最末寫遊客對於此村的寧靜與美麗感受，意境情境的表達不錯。

〈說平常話的小島〉

向　陽：前面用「訂房」、後面用「導遊」的說法，眞正運用「在地方言」只有第二段的「汝放心……」那句，卻反而凸顯出語言，透過福州話表現馬祖特色。

〈最美的畫面〉

謝昭華：旅客角度書寫，語言密度高，文字成熟抒情，缺點是意象太過隱晦，不易理解。

〈海角絮語〉

向　陽：這首較普通，我先放棄。

〈告別海岸之後〉

謝昭華：作者角度是少小離家老大回的離鄉情感，提出城鄉差距。我是馬祖當地人，故對他身世如漂流木的書寫較有感受，馬祖很多年輕人都是少小離家工作。詩中表達異鄉遊子感受，帶出心靈的衝擊。

〈當馬祖被設計成一件衣裳〉

向　陽：用衣裳設計馬祖，運用蕾絲、襯底、腰身……如此一路寫下，構思巧妙，馬祖或許不是花樣蕾絲衣裳，但富有想像力與創意。

二票作品討論

〈日常的安心〉

沈花末：寫得日常又穩，文雅開頭，有歷史感，說明馬祖戰地背景，構思編排混合地方特色，結論有哲理感，書寫有層次，穩健表現馬祖日常生活。

向　陽：此詩分三段，形式設計中規中矩，語言有冷靜美感，滿不錯。從景象到軍事至最後島上視野描寫，平穩自然安靜。

謝昭華：我原本有選，但文字我扣分，第二段「激越那些年」開頭那句，我的讀法是「激越」二字之後加上逗點，這樣讀我以爲較合理。還有末段末行「援續」二字，亦是被我扣分之處。這篇我尚可接受。

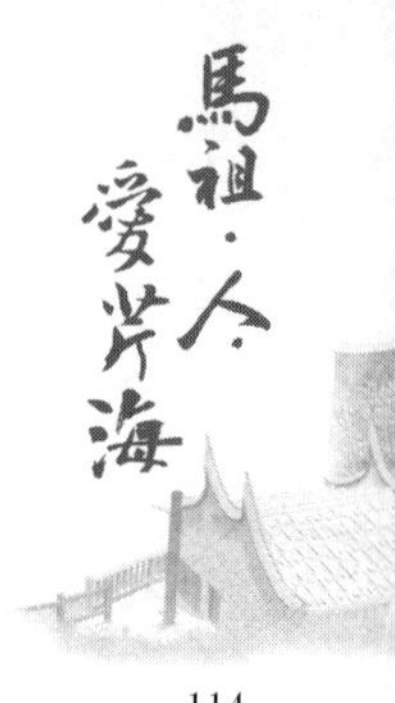

〈風景便利商店〉

沈花末：有創意、幽默感、活潑性，把超商與當地人事景物相扣，將時間與空間相合。各段將馬祖的歷史、植物、花鳥與季風都描寫出來，貼切的扣合題目，把景物包容，語言處理不錯。

謝昭華：這篇是我首選，因馬祖慢慢商業化，作者使用反諷語法，第一句就破題，第三句「就可發覺滄桑的賞味期限，還很漫長」，是他眞正想表達的意念，後面都用反諷。第二段末亦寫出戰地歷史變成商業包裝，最末段表達商業化的質疑，有些反省在裡頭。

向　陽：沒選是因販賣「便利詩」。反諷有基本技巧，如黑色幽默，此詩有構想，但略淺不夠深刻。

〈島的思念〉

謝昭華：以在地駐軍的角度書寫，選此篇是因不同視角書寫，語言意象普通平庸。

沈花末：與其他篇相比，此篇語言較平常，可放棄。

〈聚落想像——大埔重生〉

沈花末：寫得貼切，第二段我很喜歡，寫得好。最末段把大埔荒涼蕭瑟描寫生動，但又想像繁華，彷彿有一個新的大埔聚落。荒涼兼具營造新的想像。

謝昭華：作者有讀莒光歷史，詩非全杜撰，在一九四九年前，莒光非常繁華，多商旅，是馬祖的小香港。寫到漁船離去，末段不單純是想像，當年的確是如此繁榮。

向　陽：〈聚落想像——大埔重生〉標題像論文，寫詩下題比較不會如此使用，詩本身即是種想像。套語太多，就現代詩角度太陳舊，但情境營造很好，我亦可附議。

第一輪得票作品討論完畢，十四篇作品再次附議表決，不論原本票數，單篇作品須獲得三位評審全數同意，方可進入第二輪投票，評審一致通過之作品共計四篇：〈日常的安心〉、〈風景便利商店〉、〈聚落想像——大埔重生〉、〈當馬祖被設計成一件衣裳〉。

第二輪投票

第二輪投票將選出首獎一名、優選一名與佳作二名。每位評審以給分方式表決，以四分、三分、二分與一分排列，最高分四分。獲取總分最高爲首獎，依此類推，得分情況如下：

〈日常的安心〉：十分（向陽四分、沈花末四分、謝昭華二分）
〈風景便利商店〉：六分（向陽一分、沈花末一分、謝昭華四分）
〈聚落想像——大埔重生〉：八分（向陽二分、沈花末三分、謝昭華三分）
〈當馬祖被設計成一件衣裳〉：六分（向陽三分、沈花末二分、謝昭華一分）

第二輪投票結束，依總分高低排名得獎別：最高分爲〈日常的安心〉十分，獲得首獎；次高分爲〈聚落想像——大埔重生〉八分，獲得優選；第三高分爲〈風景便利商店〉六分、〈當馬祖被設計成一件衣裳〉六分，因兩篇作品同列爲六分，故並列爲佳作。

故事書寫

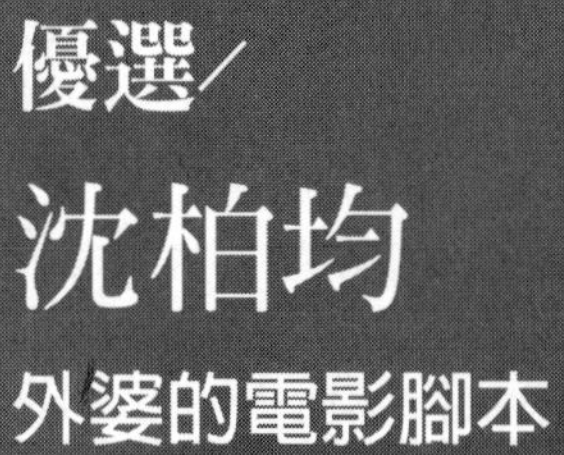

優選／

沈柏均

外婆的電影腳本

打斷一葉扁舟帶來的機遇，只消一發砲彈已足。

例如東引鄉歷任鄉長的名簿上，就因此略去了三個字，和那次震驚全馬祖的砲擊事件，一併消失在年輕人的記憶中。

作爲中共「單打雙不打」的目標之一，馬祖每逢單日傍晚，就得承受宣傳彈砲擊。近四十年前，砲彈帶走了一位在當日就任鄉長的青年，令這起意外增添了不少傳奇色彩。

青年預定赴任的地點，現在已改建爲「中華電東引服務處」。除了寄明信片回家外，不會有遊客盯著這棟藍黃雙色的火柴盒建築超過三秒鐘。

要在它門外打發一下午，最好找位土生土長的東引人指著景物話說從前。合適的人選不多，恰巧那名青年的遺孀謝梅英就是其中一位。

如果梅英在這望著向海傾斜的廣場，試圖讓面前的風景時光倒退；那麼，她將會看到斜坡下左手邊的老爺飯店越長越矮，右手邊的昕華飯店三樓消失不見，一樓變回東引島上最早的一間早餐店；而和昕華齊高的「陳金棠海釣民宿」，也會從三樓一層一層地卸去磚瓦，再自廢墟變爲木造平房。

一九四六年六月九日，梅英就在這棟平房出生。生父早逝，母親林嬌金被迫再嫁，繼父謝瑞仁是名軍人。提到母親改嫁的事，梅英皺眉說：「那時候只要誰出得起（前夫的）棺材本，女的就得嫁他！」

爲了獲得眷屬補助，繼父將梅英的姓氏從「陳」改爲「謝」。

他退伍後不久，靠著積蓄先在東引中路旁開起雜貨店，和莒光米醋（今東引米醋坊）是斜對門的鄰居；後來又赴基隆投資運輸業，生活富裕。

即便日子過得再好，做生意總需要人手。才小學畢業的梅英，理所當然地被留在家裡看店。在繼父擔任商會理事長後，她多了陪同父親接待貴賓的義務，有時還要和其他年輕女孩載歌載舞歡迎客人。

「那時候的我可是千金小姐哩！」提起這段往事時，梅英臉上露出得意的表情。

在梅英念小學時，東引的治安還全仰仗國軍。直到一九六〇年，才有了第一位非軍職出身的警官林其進。在媒人替梅英介紹婚事時，梅英的母親不以「出價高者」爲先，選了聘金不多的其進讓女兒出嫁。

謝家人看上他不是沒有理由。一九四九年八月，閩江口已完全在解放軍的支配下。林其進的大哥林其騰在父母決定後，用一只舢舨將弟弟從閩江口南岸連夜載回東引。林其進國中肄業，但在東引白日任國小代課教師、村幹事之餘，夜間苦讀不懈，終於考進警校，後來又成爲縣政府安全室的科員。

安全室的工作最需要危機管理的能力。無論是準備防颱、分析「匪情」，還是調解鄰里糾紛，林其進的表現皆備受肯定。不久主任出缺，由他暫代一年。雖兼具長官與部屬身分，對同事和下屬卻和以往同樣有禮。

其進在安全室身兼多職，梅英則專心處理家務。雖然她偶爾抱怨其進不做家事，但這類分工方式在當時算是理想。再加上兩人給鄰居同事的好印象，讓他們在一九六九年被選爲幸福家庭。婦女節前兩人錄製訪談，以完成「祝福大陸苦難婦女」的使命。

謝梅英和林其進的結婚照，一九六四年六月攝。

在梅英一家人的回憶中，他們的幸福其實來自規律而溫馨的生活節奏：小孩放學有家可回、先生能準時回家吃飯，而妻子不必擔心他晚歸。

他們搬過三次家，在南竿住的最後一間房子已經腐朽無人整理。梅英一家住在那裡時，其進已經轉調爲民政科科員，孩子放學後就會去縣政府等他下班回家。到家後，梅英會一邊責怪又買了零食的其進太寵孩子，一邊爲家人盛飯。

和梅英正好相反，其進對孩子總是疼愛多於管教，特別是長女燕芬。在她的印象中，父親只罰過她一次，原因不過是她不敢摸黑下樓，平常父親是不會因此動怒的。

聯想到隔天發生的事，燕芬只說覺得

連江縣首批赴警校受訓的青年。左起為陳通武（南竿鄉介壽村）、陳應誠（南竿鄉介壽村），王依富（北竿鄉后沃村），林其進（東引鄉樂華村）。一九五九年十一月二十一日攝於臺北市。

那天父親「很奇怪」——無論是誰想要將這件事和林其進的命運扯上關聯的話，都會使自己的心理不太舒服。

隔天是一九七四年九月九日，林其進被正式指派為東引鄉鄉長，準備由南竿赴任。

家當已經整理好運往東引，梅英則和孩子們分別在鐵板和山隴借宿，預定明天早上和其進會合。

政府延攬青年才俊

新任東引鄉長林其進奮鬥有成

專訪

「本報記者吳影專訪」新任東引鄉長林其進，是連江縣非常傑出的青年，以他平日優異的表現，使得在政府延攬青年才俊聲中，首先被起用了。

現年三十七歲的林其進，是連江縣四位鄉長當中，年紀最年輕的一位，也是學歷最淺，奮鬥有成的第一人。

很多人都說林其進沒有一點嗜好，生活未免太過於刻板，其實並不盡然，林其進把他的生活圈放在工作上、求知上、家庭上。他經常開玩笑地說「烟、酒與賭博和我無緣，因爲老是學不會。」自然他是不會去學的。

地區民衆沒有不認識林其進的，從連江縣鄉村服務隊開始，林其進就是隊上重要的一員，服務隊不停的工作，使林其進與民衆發生濃厚的感情。

林其進說：鄉長工作是鄉村服務隊的延續，他將把這種精神，帶到東引鄉去工作。

當然，林其進的抱負決不止這一點，他說：服務民衆雖然是他未來工作重要的一環，但是鄉村建設，軍民合作等等，也是他努力的方向。

林其進自民國三十八年大陸淪陷，就從長樂縣老家到東引他哥哥家裏居住，四十五年他在東引鄉中柳村任幹事，次年他又轉到樂華村任職，因此，東引可以說是他第二個故鄉，對東引民情已有相當的瞭解。

四十九年林其進畢業警察學校後，即回連江縣警察局任職，在警察局五年，他由警察、辦事員到巡官，這種直線上升的職務調動，證明他的努力沒有白費。

正因爲他表現優異，當時連江縣長盧嘉謙對他很賞識，不久就調到縣府任職。

林其進有一個很美滿的家庭，太太主內他主外，有時分工合作，幾個孩子活潑可愛，家庭和祥快樂，很令人羨慕。

勤奮不懈的林其進，於即將到職前表明了心願，他將繼續努力，不斷充實自己，絕不因職務的調動，而放棄他自小養成的求知習慣。同時，他將不斷啓發民衆新的尋求生活方法，減少民衆依賴的心理，使東引鄉逐漸步入安和樂利的境地。

「政府延攬青年才俊 新任東引鄉長林其進奮鬥有成」一九七四年九月九日，《馬祖日報》。圖源來自「《馬祖日報》四十五週年新聞選集」網站：http://www.towin.com.tw/matsu-news_45/enter.htm。

當晚過八點不久，丈夫的死訊就傳到梅英耳中。其進在民政科的後輩林增官，是當晚見到其進最後一面的四人之一。他說惜別宴結束、合照後，他和三位同事在廣場旁的防空室打起麻將，酒醉的其進則在一旁休息。

麻將聲被其進嫌吵，於是他一個人走到縣政府宿舍（今《馬祖日報》大樓）熟睡。

在夢中，中共的宣傳彈擊中了林其進的左額。

當聽見聲響的職員趕來時，只見其進頭顱碎裂、鮮血流滿床沿，腦漿迸出，無人敢踏進房內一步。後來其進家的房東陳郡利先生鼓起勇氣，入房替這位晚輩整理遺容，並安排後事。

梅英來到現場時，丈夫的屍體已被床單覆蓋，只露出一雙黑皮鞋。她不敢掀開他臉上的白布看一眼，就連制止在旁嬉戲的么子都辦不到。這年梅英二十九歲，只比她的母親晚一歲守寡。

民政科的職員們沒有馬上忘了這位同事，他們和其進的朋友四處募款，竟得十萬餘元，作爲治喪和安頓遺眷之用，至今梅英仍心存感激。

不過，在道義和情分的人性光芒熠熠生輝後，社群之惡卻籠據島上久久不散。絲蘿非獨生，一旦遭遇變故，亦不得與喬木斷捨離。除了縣府明示梅英若再婚便不予撫恤金外，部分居民對年輕寡婦的監視密度也特別高。流言往往隨海風起於巷弄間，沖孔襲門，入於甕牖，進到梅英和家人耳裡，直至她年齡漸長才消退。

另一方面，消費他者的不幸，亦屬人之常情。梅英原本要搬回用自己嫁妝重建的老家，但沒有「鄉長」的面子要考慮，說好要搬遷的房客就是不走。

這事一拖就是半年，那時謝家已經搬到「鹽倉」（樂華村五十一號）居住。

鹽倉歷史悠久，不做儲鹽用途多年。國民政府接收東引時，曾在此地發生流血事件；後來鄉民傳稱鬧鬼，空著讓鄉公所進駐。一九六九年搬遷時，被不信邪的謝瑞仁買了下來。

鹽倉牆上的「軍政一元」、「精誠團結」易主後被抹去，掛出「群英大飯店」招牌。一樓是雜貨店，二樓半邊是餐廳，半邊臥房在梅英回家後睡了十一口人。

房客搬出舊家後，梅英才開始做起賣菜生意。菜船十天進港一次，運菜的小貨車因爲不能經過管制區，得繞到鄉公所（今中華電服務處）前把貨物放下，由菜販領取。在孩子起床前，她必須把菜拖回家挑揀，再到市場販賣。

過了三年，梅英的大哥也想搬出鹽館住。按那時的道理，他是唯一留著「陳」姓的長男，祖產自然是他們家享用。幸好島上有人願意出典房屋，謝家人才不再爲此事爭執，讓梅英搬到「七棟」國宅開店去。登記時，大伯其騰用自己的字「守勃」當店名。

七棟國宅離海平面有十層樓高，接近軍事管制區，是連隊晚點名後回單位的必經之路。爲了配合官兵作息和宵禁，「守勃」早上六點開門，晚上九點關店，但營業時間不在此限：

「老闆娘！老闆娘！」午夜

謝梅英和她的五位子女，一九八一年攝於東引守勃商店旁。

時分，幾個小兵拍著鐵捲門往店裡喊。

「什麼事呢？」

「我們剛搶灘完好餓，妳能不能煮泡麵給我們吃？」

爲了應付這些食客，梅英作息規律，卻睡得不沉。除了關店時間不確定外，爲了多掙點收入，梅英一早開門，先得蹲在店旁洗著附近官兵送來的衣物，不時顧下昨晚開始準備的滷味；搞定家人的早飯後把孩子送出門時，早點名完的阿兵哥已經坐在桌前喊餓了。

中午沒人幫忙，她幾乎離不開身。附近一有單位進行施工，生意更好，連上廁所的時間都沒有，因此腎臟發炎住院一回。

然而當梅英的母親勸她將國中畢業的次女留在家裡看店時，梅英只回答「小孩子要念書就讓她去念」一句話，仍舊過著全年無休的忙碌生活。她明白，撫卹金雖足以維持溫飽，但爲了讓家裡的每個孩子完成學業，非堅持到他們自立不可。

梅英之所以能撐起雜貨店十餘年，原因不外乎她固執的個性、子女和親人的幫助，以及島上六千多名「家人」們的支持。

與其說「軍民一家」是政策，毋寧說是一種氣氛。這種氣氛是部隊和百姓在互相「借」人，互蒙其利的過程中養成的。

王易謙將軍任指揮官時，東引指揮部開始協助百姓增建現代化的衛浴設備。除此之外，民居的擴建、裝潢問題，只要備妥材料，也能私下情商各連隊編制的工兵排處理。

守勃商店的衛浴和新房間就是工兵排弟兄負責完成的。這項不成文的措施不只對商家有幫助，被排長支出的役男也能做著比平常輕鬆的工作，午晚餐還可以順便解決，可謂雙贏。

幹訓班受訓班長楊忠仁與梅英么子華緯留影。一九八五年攝於東引青葉餐廳。

對各單位來說，借人出去當然不收利息，但是人力有借有還，要屬當然。無論是九九隊慶的節目、國慶晚會的才藝表演、宣讀指揮官祝壽詞、三民主義講習讀訓……甚至軍中專題演講的主講台，都有梅英家五姊弟的身影。

另外，地方商家與軍人間的相處模式，也超越了一般商人和消費者的關係。客人多的時候付錢記帳沒有短少，在東引不稀奇；要是伙房兵見梅英忙，還會自己炒起泡麵；工兵排的弟兄在休假時替她砌了洗衣台，只為了能免費吃飯配電視一天。

不過光占人便宜，不是梅英認同的行商標準。除了粽子是登記領取外，中元節拜的糭（ㄐㄧˋ）仔及冬天的魚丸則是見者有分。家境差的、賒帳賒多的客人在守勃有錢也沒酒可買，還會被老闆娘數落一頓，直到他有餘力將錢寄回家裡為止。

每個梅英的親生子女和乾兒子們大抵都聽過她喊累，可是梅英堅稱她是因為一次「家族會議」後才讓守勃商店停業，搬去臺北板橋居住。

在梅英離開家鄉時，「理事長的女兒」、「鄉長夫人」這兩個男人給的身分，早隨著他們的生命褪盡光澤。

來臺後數年，乾兒子們斷了音訊，親家母捲去梅英一大半積蓄遠走海外。她不再出門工作，只靠著子女們給的生活費攢下錢以備急用。

上週六孫子提醒她，明年其進過世要滿四十年了。

「唉，四十年！人生有幾個四十年！」梅英望著日曆道。

她是不是希望回到四十年前，盡全力避開這段被命運重複背叛的人生？

熟知她個性的兒孫們可不會這麼想。

而且才過兩天，梅英又高高興興地翻著相簿，向孫子展示東引某間雜貨店從木門木窗升級到鋁門鋁窗的過程。

「你阿媽的故事，可以拍一部電影哩！」梅英對孫子說。

守勃商店店內一景。一九八五年五月攝。

沈柏均

政治大學法律學系畢，現就讀於輔仁大學大眾傳播研究所碩士班。大學時開始對傳播產生興趣，除輔修新聞學系外，另選修報導文學，然涉略程度仍處在牙牙學語的階段。

這篇文章原本只是一千餘字的課堂作業。有了師長鼓勵及馬祖長輩對地方史料的整理在先，家人和地方耆老供給的回憶與老照片在後，我才能將這段故事重新拼貼。感謝各位不求回報的付出。

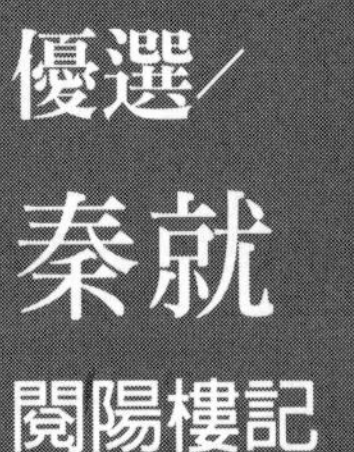

優選／

秦就

閱陽樓記

閱陽樓記

常言道：人吃五穀雜糧，哪有不生病的？生病當然要到醫院，馬祖的離島西莒也有醫院，但到這醫院的人都看哪些病，和臺灣一般醫院有何不同？去這醫院看病的又是哪些人，以致讓曾在這醫院服役的醫官爲這醫院取名「閱陽樓」？

醫學是最頂尖的科學，但這科學又和其他科學不一樣，因爲醫學是以人而非以物爲核心，醫護人員是人類生命的守護者，醫院是拯救生命的場域，但西莒島上的患者卻認爲該醫院有可能讓他們身陷更大的危機當中，也因此島上病患和醫護人員，長期處在一種既合作又對立，既依賴又相斥的詭異關係中。這醫院在一九九〇年代到底有何人與事的糾葛，導致發生這種現象？現在就讓我們試著做個導覽與分析。

肝膽腸胃科

第一次到醫院常是到此科報到。

多數人登島安插到新兵隊、幹訓班這些單位之後，接下來一定會報到的單位應該就是醫院。登島之前，許多人以爲水土不服是個笑話，自許身體強壯得像席維斯史特龍主演的洛基，結果常常才登島不久，就變成弱雞，拉肚子拉到脫水入院，包括我也曾因此到醫院報到。

「我沒亂吃，爲什麼會拉肚子呢？」

「因爲水土不服。」醫官回答。

「水土不服？」

「這裡水的菌種和臺灣不一樣，才會引起腸胃適應不良。」

水眞的髒，開飲機裡的水從不透明，伙房煮的大鍋飯永遠在冒著黃色的泡沫，而這些水已是先用明礬處理過的。

多年以後，我到過不同地方、不同國家，卻都沒有發生水土不服的現象，一度懷疑醫官的話。後來終於想通，細菌密度大，才會有菌種不同的問題，那些先進國家，自來水都可生飲了，哪來的水土不服？

皮膚科

馬祖腳請到此科。

到了島上，很多人都會開始搔腳，染上香港腳了，島上吃喝的水都髒了，何況洗衣水，衣服多給島民洗，構工的衣物上全是水泥、髒土，怎麼會好洗？他們洗得辛苦，價錢也算公道，只是水質水量恐怕居民也無法控制。

送洗衣物乃成爲傳播皮膚病的媒介，還好只要醫院的灰黴素不缺，香港腳的病情基本上可以控制，香港腳還好控制，但馬祖腳就較難治癒。

馬祖腳？士兵自己取的，因爲任務關係，士兵們常需長時間泡在水中（例如：清運），腳都泡爛了。香港腳或腳部有傷口的便可能遭到細菌感染，而導致蜂窩性組織炎，嚴重的可導致截肢或敗血症而喪生。

記得連上有個外號鴨微仔的士兵，上島後不久，就染上此症，那時他還很菜，不太敢報病號，因染此病，他全身倦怠、頭痛。老兵們都說他在裝，等到他終於到醫院治療時，已經轉趨嚴重，在醫院住了長長一段日子，我摸過他的傷口，傷口附近的組織全軟趴趴的，裡頭水腫嚴重。

耳鼻喉科

很多人都說這一科所開的藥沒有效。

外島和流行時尚脫節，唯有感冒的流行不落人後，構工流汗，經強烈海風一吹，鼻水、噴嚏、咳嗽跟著來，尤其居住的據點狹小，感冒的傳染速度更快。

「軍醫院的感冒藥碇特別有效。」老兵說。

「眞的假的？」

「怎麼會是假的，不管感冒、疲勞性骨折，各種外傷、蜂窩性組織炎，全給一樣的藥，國軍眞厲害，早就發明了萬靈丹，而且藥碇的賞味期過後，還可繼續使用，萬年有效。」

不少人認爲與其吃軍醫院的感冒藥，還不如自己喝克風邪等成藥比較快。

泌尿科

壓力發洩後小心得到這科報到。

最常見的逃避部隊裡壓力的方法是喝酒，經常聽到退伍之日還欠商家一屁股酒錢未清的事情，商家也常爲此到青帆港堵人。

島上士兵像是古代被流放邊彊的犯人，在一天勞累的構工後，垮著肩膀，拖著沉重腳步，回到牢房，然後面對食之無味的冷飯，及無盡的夜晚。

於是除了喝酒，就開口閉口女人，聊他們對女人做過或女人曾對他們做過的事。島上女性，不是太老就是太小，不老不小的都在外地受教育，寒暑假有女兒回到島上度假的商家，都會變得門庭若市。

平時士兵們常在上層床板下貼明星海報或買打火機來解悶。

打火機？是的，島上所賣的打火機多貼泳裝美女照，但這些照片上的衣物用火一烤，便會自動消失，美女瞬間全裸，待打火機表面溫度降低，美女的衣物便又上身。

當然，釋放壓力的最佳方法是放兩年兩次的返臺假，雙腳一踏上臺灣，士兵便忙著回家、找同學，更急著找分離經年的女友重逢。

有的甚至去找娼妓，因此返臺回西莒島上一段時間，往往就有士兵要到醫院報到看花柳病，那時兵源已告急，染上此病不但受同袍訕笑，還不能免除構工，即使體恤其病，免出外構工，還是得派予站衛兵的工作，生病還站一天衛兵不換班，在當時是很常見的。

順便一提，原本如何放返臺假並未管制，後來因有人太快放完，覺得退伍之日遙遙無期，自己像被關在沒有鐵窗的監獄，於是衍生出鬧事、自殺等層出不窮的事端，所以後來士兵的返臺假都要管制。

外科

要看這一科？請多忍耐點。

有一次走在經過指揮部集合場的路上聽到這樣的一段對話。

「集合場上有大大的一個『工』字是什麼意思？」

「你說那個『工』嗎？就是提醒你到了這個島就要覺悟，每天都得構工構工構工。」

聽到班長的回答，大家的頭都無力地垂下來。

另一個士兵說：「可是我覺得那個字是『H』」，H是日文很色的意思，這島上的八三么，不會就在是這裡吧？」

「你是日本片看太多嗎？特約茶室在新兵隊附近，剛廢掉，原本的茶室現在門板掉落，屋角長滿蜘蛛網，地上養小雞，你都沒看到嗎？」

因爲構工多，受傷成家常便飯，不管一線二線，幾乎每天都要派員構工，建水庫、鋪馬路、蓋兵營、搶砂、搶石，甚至島主（指揮官）覺得野狗太多，就有抓狗公差，芒草太長就有割草公差。這些任務稍一不愼都極易受傷，像搬彈藥腳被砸傷、割草手背被割草機割傷等。

只是送到軍醫院會得到什麼醫療照護全靠運氣：

「什麼赤腳醫生、蒙古大夫，下次再也不去了！」剛從醫院回來的士兵大聲抱怨。

他的同梯說：「怎麼了？包得很好不是？」

「什麼包得很好，是因爲傷口很大，才包這麼大包，可是傷口本來也沒有很大，是多縫了四針傷口才變大。」

「爲什麼要多縫四針？」

「因爲醫官縫壞了，所以拆掉重縫。」

「這也太扯了吧？」

「這還不扯，他縫傷口時沒打麻醉針，只做簡單消毒就縫，痛得我一直叫阿娘！」

類似的對話不斷發生，大家對於軍醫院的醫術沒有信心，但有一陣子大家卻爭先恐後去手術，早晚點名時一堆人掛病號。那些掛病號的士兵一個個走起路來像夾了一顆泰國芭樂。

一問才知他們都搶著在退伍前割包皮，這樣可以不出公差掛病號待退，那時還沒全民健保，而這手術完全免費，他們覺得眞是一舉數得。

婦產科

從缺。

這是島上醫院最大的特色。人說醫院是看盡世間生老病死的醫院，但這所醫院不一樣，看不到生與老（生產與老人）。

不過島上到醫院看病，其實沒這麼多科可掛，因爲醫官沒那麼多，感覺上是哪個醫官值班就由誰看。

太平間

必備。

軍醫院的死者，多數判定頭顱創傷——槍傷。

我在島上的日子，確實有多次舉槍自盡的案例，多是因不適應軍中生活、感情受挫而用步槍自殺。

有一次和醫官聊起這件事，他說撿碎骨，還有撿噴得到處都是，像豆腐一樣的大腦，是另一種人骨拼圖。

後送

不是空軍請不要坐海鷗。

在外島最不一樣的經驗之一，是經常可以看到海鷗。不是那種挺著多肉的前胸，走起路來昂首闊步，像檢閱部隊的空軍上將的那種海鷗，而是我們暱稱爲海鷗的S70C直升機。

能在島上醫院進行外科手術的多是小傷，後送人員則是島上無法解決的重症傷患。我剛到島上不久，就看到海鷗緩緩降落在集合場上的那個「H」字上，原來眞是H不是「工」，代表Helicopter——直升機。

海鷗的旋轉翼氣流引發強大旋風，把集合場上的黃沙捲成龍捲風般的沙霧。後送患者乃因兵變而舉槍自裁，子彈從下顎入，卻從鼻梁出，醫院緊急聯絡後送。後來得知患者沒死，但臉部必須整形，且記憶力終生受損。

自殺也是會傳染的，那一段時間自殺案件層出不窮，軍官不斷對士兵宣導做人要堅強，天底下沒有過不了的火焰山等等。可惜效果有限，後來指揮部乾脆下令夜間站哨只能拿步槍，不上子彈。

民間療法

最受歡迎的藥「底加啦」！

知道三七、代赭石、桔梗、骨碎補、甘草、貝母、冰片、澤蘭、紅花、木香是哪兩味藥的共同成分嗎？

島上服役很忙，但總讓人感到虛無沒趣，無聊到會讓人拿起兩瓶藥罐比對。不知這些藥方有何功效？提示：都是用來化解跌打損傷引起的胸部疼痛。

胸口鬱悶，胸腔內科開的藥？

這是島上最常見的兩味藥沒錯，卻不是由醫院開出。

還是不知道那是什麼？不如播放一段廣告。

「媽，我阿榮啦！我服用你寄來的××運功散，胸口鬱悶中氣不順已經好嘍！」

這支廣告播了幾十年，大家嘲笑片中的阿榮已經成爲當兵當最久的士兵，對於在外島當過兵的，看到這支廣告一定更加於我心有戚戚焉。

每次航報，大家引頸期待的除了信，補給品就是××運功散、××××行氣散。

那還是個軍中不當管教盛行的年代，尤其在一線時，士兵分散在各個哨所，軍官看不到的死角多，凌虐情事經常發生。聽說有士兵被毆打到情急之下從哨所的機槍射口鑽出，跑了幾步之後才吐血倒地。我原本不信有這種事，因爲射口太小，除非那人有縮骨功，後來我親自求證，這時那士兵已是老鳥，對於這段不光彩的往事並未否認。

那個患了蜂窩性組織炎的鴨微仔啊，還鬧過一個笑話，有一次他在路上遇到一個人，便拍人家的肩膀問：「請問伯伯，禁閉室要怎麼走？」

不久這事傳到連上，馬上引起轟動，因爲他問路的那個人竟是島主，全島最有權勢的人。連指揮官都不認識，眞的很白目，聽說因此又被「再教育」一番，後來他家人從臺灣寄漢藥來，卻不是上述兩種藥。

班長問：「你這藥是什麼藥？」

他說不上來。

「你不知道這是什麼藥，我知道，這叫中將湯。」一名老兵調侃。

「亂講，中將湯是女人在喝的！」

「我哪有亂講，他敢拍少將指揮官的肩膀，不是中將是誰？中將喝的湯藥不叫中將湯叫什麼？」

外島當兵跌打損傷可說人人有，經常有，致使許多士兵在每次航報後，都殷殷期盼各種怪異的解藥。

問題出在哪裡

說到醫院的用藥，先講個部隊裡發生過的笑話，有一個新兵，很訝異才剛申請一雙新襪，沒想到下一個航次就拿到，於是盛讚國軍的後勤補給眞有效率。

這時參四補給士說話了：「你在說什麼？你現在腳上的那雙襪子是我師父的師

父申請的，而他早已經退伍兩年了。」

襪子和用藥有什麼關係？

因爲我們都很懷疑所吃的藥是過期的，就像軍隊常吃過期發霉的米。不過，往好處想是至少軍醫院裡的藥都還沒發霉。

島上軍醫院除了沒有婦科之外，另一特色是沒有女護士。包紮、打針全是「男丁哥兒」包辦。

醫院的主角當然是醫官，士兵們卻常抱怨去看病看不好。

老兵私底下都會討論爲什麼會這樣。

「當然看不好，第一，他們都是剛從醫學院畢業的菜鳥，沒什麼看病的經驗。第二，他們如果醫術好，就不用來當兵了。因爲義務役醫官的同學們，很多是不用當兵的，他們的醫學知識讓他們可以心律不整，太胖太瘦……。當兵兩年，少賺多少錢？父母從小培養他們不知花了多少鈔票銀兩，他們從小到大都是被人捧在手上的天之驕子，幾個能適應在軍中被任意使喚？所以不能搞到讓自己不用當兵，當然醫術不好。」

有人消遣醫官的功能是開全休單，對於曾在馬祖服役的人都知道這其實是很重要的功能，因爲沒有全休單，生病需要休養的菜鳥士兵，有誰敢休息？

軍醫院所目睹之怪現狀，很難怪在誰的頭上，許多是體制所造成的。醫院沒有好器材，沒有好的藥物，等於軍隊沒有子彈，怎麼會有好戰力？所以縱有華陀醫術，也巧婦難爲無米之炊。何況義務役醫官確實多是醫界菜鳥，他們也隨時在查書，很多病都第一次接觸。

醫官不但沒有充足的藥物，也沒幫手。當時兵源已經減少，有醫學背景的士兵更少，其實從小到大我們遇過幾個男護士？即使到現在念護理科系的男生也少之又少，一九九〇年代就更別說了，醫院裡的「男丁哥兒」多只上過些救護技術員的課，上課內容又都偏向緊急救護以及軍醫裝備的使用與保養，例如救護車裝卸載、緊急救護等的擔架操。他們平常的工作就是「顧店」、發藥、轉診等。

專業也不是上級要求的重點，比專業重要的是把救護車保養好、裝備補好，及懂得如何請料件。

當然可以要求他們有較好的服務態度，要有人性關懷，可是談何容易？這裡的士兵和其他單位的士兵一樣，都只想趕快當完兵退伍，這種心態也就讓急診室櫃子上該有的繃帶、網帶等基本的醫療耗材都管控不好。

不管是不是西莒軍醫院裡的官士兵，我們都曾是最前線的戰士，奉命去防衛國土之西，當我們從西方歸來，沒有鼓號樂隊，沒有鞭炮或群眾歡迎我們，我們只是抽籤手氣不佳的一群人，期間我們都曾生病，都曾進到這樣一棟軍醫院，還有幸平安歸來，也就該感謝上蒼了。

記得同期的醫官中有一位說：「這樓裡看來看去，從醫生、護士到病患全部都是年輕男人，而我在這裡看病，還眞該把棟樓取名『閱陽樓』」。

我想在莒指部醫院中曾上演過的悲歡離合戲碼，很多絕對是在臺灣看不到的，因此動筆錄下，並名爲「閱陽樓記」以誌焉。

秦就

在馬祖西莒服預官役，京都大學文學研究所畢。現為高雄樹人醫專教師。曾獲全國學生文學獎、聯合文學小說新人獎、教育部文藝創作獎、馬祖文學獎等。著有《禪味京都》、《禪味奈良》等及小說、劇本、譯作數本。

服役期間幾乎天天構工，也就日日都有受傷的可能。

感謝老天讓我們連上的人，都能平安歸來，我也才能無愧地寫這篇〈歸來記〉，大家平安是我退伍當時最大的欣慰。

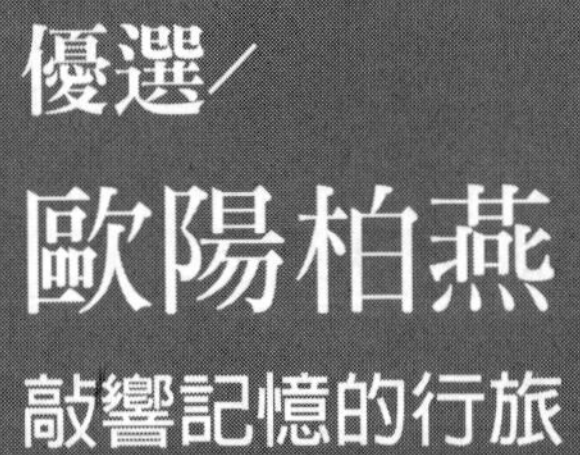

優選／

歐陽柏燕

敲響記憶的行旅

我站在石屋前，凝視著一顆一顆的石頭以人字砌、丁字砌、亂石砌，堆出時間的城堡，形塑一條時間長河，我的視線穿過雲霧，腦海浮現眞心相待的友人面容，他們是我一次次來到馬祖的動力。一個又一個的故事，直接在友人身上搬演，我帶著沉思的微笑聆聽，心裡堆疊著許多感動與感慨。

第一次來到馬祖是爲了拍燕鷗，航向無人島的小船在風浪裡猛烈搖晃，暈得我猛吐不已，抓不穩的鏡頭對著滿天飛舞的燕鷗，只能隨意拍攝。我對神話之鳥的盼望，使我長出想像的翅膀，飛向燕鷗群，我相信神話已經進駐我心房。果然，越來越多的美麗邂逅，串成一長串美好的島行紀錄。再一次走向四鄉五島，我順著起伏的地勢，走過一棟一棟的石屋，感覺時間凝結了，一切安靜下來，一股奇特的力量把我攔下來，我捨不得走，即使不得不離開，還是會再回來。因爲馬祖每一座島上都有我心靈相繫的好友。

我的影像記錄中有一張「漁寮書齋」的照片，拍照那天，南竿友人抱來一罈老酒，一群人聚在書齋內閒聊暢飲，友人提起牛角聚落的社造推動發展史。讓馬祖老屋重生、閒置空間能善加利用，一直是友人努力規劃社區整治的目標。「漁寮書齋」原本當地居民準備用來養豬，後來變身爲書齋，成爲藝文人士最喜愛的聚會場所。這成功範例開啓了在地人的社造觀念，一棟一棟廢棄的空屋被整治成茶藝館、酒館、咖啡廳。我常走進用餐的「依嬤的店」，也是其中一項成果。店內不僅提供美味的傳統風味菜，我還在那聽到許多故事。一座小小的島，雲霧雨霜容易襲至，風雨的感受也特別強烈，離島人的生活並不輕鬆，但居民一直都保持樂觀的生活態度，那是人經過環境的錘鍊，形成的堅韌美好品質。

想深刻認識一座島最好的方式，就是對它盡心盡力付出。因爲在南竿進行一些藝術活動，我在這座島停留的時間比其他島嶼長。在坑道裝置藝術展期間，一位觀眾曾剴切表達心聲說，不管人們是否放下戰地記憶，坑道本身早就解脫了。沒有任何人可以代替一座剛毅而沉默的坑道說什麼話，他描述的「開鑿一座坑道，多少與彈藥共眠共枕的日子、多少青春殞落、多少喜怒哀怨哭聲、多少日子把手榴彈掛在自己胸前、而最最讓人難以承堪的是望鄉的無奈……」讓人感慨良深。在坑道進行裝置藝術時，我的眼睛一直凝望著滴水的花崗岩壁，那剛硬的岩石將水滴擠到岩壁邊角，形成一條潺潺流動的小水流，而花崗岩依舊剛毅矗立，沒有任何侵蝕折損。

我明白一個戰地軍人加諸一座坑道的感情是極特殊而深沉的，因爲他內心必然糾結著親情、友情、愛情難以兼顧的難題。就像觀眾反應的心聲，那曾經因應需求而開鑿的坑道變成一處觀光景點時，人們只能選擇放下、釋懷。

南竿的旅程，我沒特別安排景點行程，我喜歡隨興在友人居住的聚落四處走逛，當我在燈下寫島行紀錄時，我感覺一種特別的召喚在催促我走向另一座島，去貼近土地、環境與人。友人居住的島，除了剛強，還有陰柔的一面，那一面藏著許多喜怒哀樂的故事，說與不說，一直都緊貼著會呼吸的房子。在「漁寮書齋」喝下第一杯老酒後，時間便靜止在人字砌、丁字砌、亂字砌的石頭縫裡，我的心思也一直凝聚在那裡。而鮮明的呼喚鼓勵我走向四鄉五島，去感受更多眞實的動人的故事。

橋仔村的友人搬走了，我走到她家門口拍照，沒人住的石屋老得特別快，雜草與藤蔓恣意蔓延，我拍照的心情帶著惆悵。想起友人在外闖蕩多年，帶著愛情的憧憬回到老家開了一間店，我受邀到她家作客。從二樓房間的窗口往外看去，大海和小船就像一幅畫，鑲嵌在窗櫺裡。這是我心目中最理想的生活，睡前聽海浪唱歌入眠，早上被鳥鳴聲喚醒，往窗外一看，更早醒的小船已在海面搖盪，涼風、浪花、水鳥、陽光的笑臉一起撲過來。一個美麗的返鄉創業之夢，加上愛情進行曲，一切顯得幸福圓滿。但後來友人搬走了，聽說她的愛情夢碎了。因爲傷心所以必須離開，遠走他方嗎？沒人住的石屋沒有洩漏任何訊息。拍完照我和北竿的友人繼續往前行。

我走著走著，側耳傾聽會呼吸的房子，穿過塘岐、坂里、后澳和白沙，再走向芹壁，感覺每一顆屋頂的石頭都在說話。至於芹壁牆面上發疼的標語，我把它推向歷史。因爲面對大海的生活，還是得映照現代。走過芹壁聚落的心情如鏡，面對龜島時，更應該安靜坐下來喝一杯咖啡，當一名沉思者。

熟悉馬祖當地習俗、民間信仰的友人，在咖啡座對我說起諸神的故事。我一邊聆聽，一邊翻閱一系列「擺暝」紀錄照片。一長列壯觀的隊伍，沿著蜿蜒的山路行進，那人神同歡、扛轎、遶境、途中鞭炮與煙火齊燃的盛況，神聖而精采。友人以社會觀察的角度，將馬祖一年一度最盛大的年俗祭神活動——「擺暝」，做了詳實的研究。那「人神共振」的文化風貌，讓我想起以漁業爲主的橋仔村，出海前要膜拜神明，豐收時要答謝神明，形成一個村莊神比人多、以八廟冠絕的奇特地方文化。我欣賞著遊行遶境的活動照片，看見村民在廟宇、村莊廣場擺上豐盛的祭品，從傍晚直到深夜，那香燭繚繞、燈火輝煌、鑼鼓喧天、鞭炮響個不停的盛況，讓人見識到信仰帶出的安定力量，如何讓歲時節慶活動煥發耀眼的光芒。

往東引的船上，容易暈船的我很少走動，盡量躺在臥鋪不動。我發現隔壁鋪位的乘客兩小時的航程都在喝酒。他的酒裝在鋼瓶內，看不出色澤，無從判斷他喝什麼酒，但酒氣在整個船艙裡迴盪。我一路聞著酒味，心裡想，有堪稱「鳥達人」的東引友人來接我，在好山、好水、好人情的外島中的外島暢遊，即使不碰一滴酒，身心也都會醺醺然，陶醉不已。

之前來過東引，留下極深刻的印象，黑尾鷗的故鄉，也有白眉燕鷗不時低飛掠過海面，身影十分靈巧，來接我的友人高高瘦瘦，也是一副輕盈的模樣。友人帶我走完幾個景點，重頭戲上場了，我們要穿過傾斜三十度、長達六百多公尺的坑道口，走到被美譽爲全馬祖最好的拍攝地點，與黑尾鷗近距離接觸。我內心充滿激越的想像，背上的隱形翅膀已悄悄張開，急著振翅高飛。我對友人說，到東引旅行的感覺特別強烈，出發前的等待心也特別濃烈。友人說，因爲東引的交通不方便，行程得靠老天爺支持，輪船能夠順利開航，表示運氣好，得到美好的祝福。

長期紀錄黑尾鷗生態的友人，再一次來探望好朋友，他照片拍得十分深情沉穩。而好朋友黑尾鷗則十分興奮聒噪，吱吱喳喳的飛舞盤旋，一邊表演特技，看得我都忘了按快門。因爲太興奮，對焦不準，特寫鏡頭也拍成一團迷霧，我只好不看鏡頭，直接看現場表演。我對友人說，眞想在這坑道口住下來，和他的一群好朋友一起享受藍天碧海、絕崖峭壁的奇景。友人說，這兒的豬舍、雞舍都有人在探問，是否可以住宿。的確，再沒有一處星級旅館，能擁有眼前這般靈動的風景。

東引的季節變化十分鮮明，濃霧不時來迷亂山與海，驚濤屢屢魅惑人心，誰也不知天空的畫筆，下一刻會揮灑出淡如輕煙的一筆，還是沖激出更凌厲的巨浪狂草。天地間種種壯闊及迷離的景象，山與海從不事先對人發出訊息，東引人也早已習慣隨性與大自然相處。

如何幫鳥朋友拍出最好的照片，友人傳授給我的祕訣是靜觀、以不變應萬變，要用最大的耐心守候，用雲朵一般的溫柔心，再深情凝望黑尾鷗的眼睛，讓牠看見妳的眞心，明白妳愛牠、不會傷害牠。友人說，如果到達這境界，黑尾鷗就會在空中翩翩飛舞、表演特技給妳看。讓妳拍出經典照片，成爲人人稱羨的「鳥達人」。我依友人的建議，用「心」拍。望著漫天飛舞的黑尾鷗，我想起一位生態學家友人曾教我如何拍蝴蝶。他說，妳要面帶微笑，順著蝴蝶的表情、抓住牠的感覺去拍。所以我對著黑尾鷗微笑，深情望著牠的眼睛，用「心」拍。我想，除了耐心、愛心、微笑面對黑尾鷗，以善意結交這些鳥類朋友外，黑尾鷗一定也特別鍾愛安東坑道口的生活舞台，所以年年在這裡開心築巢，一代傳一代，變成東引最讓人讚嘆的飛舞的風景。

參觀過東湧燈塔，再走向東犬燈塔，我發現燈塔的故事都很迷人。莒光的友人說起「守燈塔的人」的故事，更是生動精采，我專注聽著，望著被稱作「島主」的友人，發現他身上的故事也十分迷人。

友人開的一家商店，貨品包括雜貨、五金、文具、特產、西點、麵包、軍用品，還兼營網咖、餐飲、提供旅遊資訊、代訂船票等項目。我想，在馬祖尚未大量裁軍之前，友人的店一定也擠滿來洗軍衣服、繡名字、改衣服的阿兵哥。能夠體貼離島官兵各種需求、綜合銷售多元化商品，又能配合友人公、私兩頭、把家照顧好的太太，一定不只三頭六臂。但友人的好牽手，能幹的商店老闆娘眞的只用一雙手，就把一切照顧周全。我忍不住頻頻讚美她，莒光的女人，眞是讓我刮目相看，深感敬佩。

友人夫婦爲了幫我省旅館費、餐飲費，直接幫我安排住宿在他們的商店樓上。我進進出出看著友人夫婦，從早餐忙到宵夜。那曾經在東莒當過兵，再回到島上追尋戰地記憶的阿兵哥，一進店裡便說這裡一切都沒變。他指的是過去常光顧的商店，老闆娘還認得他。讓人懷念的香脆蔥油餅、比一張人臉還大的香酥大雞排，滋味一樣甘美。聽著他們閒聊回憶往事，陪同來旅行的阿兵哥的伴侶，驚訝的對我說，很難相信幾十年過去，一座島可以維持「不變」。我說，變與不變之間，因素很多，讓人憂喜參半，也充滿無奈。

莒光之所以吸引我，不僅因爲自然景觀優美、燈塔迷人而已，還有「人」的強韌魅力。友人夫婦讓我看見、瞭解那些通不過時間考驗、逐漸消逝的事物，依舊可以留在記憶中品味。即使一座被遺忘的小漁村，凋零到連一戶人家都不存，還可以靠一條「魚路古道」來縫補記憶，逐步開拓新的生機。因爲有強韌而靈活的人，土地可以像燈塔一樣發光，一個地方的美，需要懂得和大自然和諧共處、並努力打拚、扎實過生活的人來經營，環境就會釋放出光彩。

從東莒到西莒，航程只有十分鐘，一通聯繫的電話還沒講完，船已靠岸了。友人已站在碼頭對我微笑。她開計程車來接我，車上載著一堆蔬菜水果，我隨車跟友人去軍營送貨，路上我好奇的東看西看，友人的計程車走過幾個據點，分批把軍營的訂貨送完。車子走到一條綠色大道，道路兩旁的大榕樹盤根交錯，樹蔭濃密到不分左右，枝葉緊緊纏繞在一起，車子前行時就像穿越一條綠色隧道。雖然細雨飄飄，四野一片迷濛，我還是下車拍攝一條美麗的綠色大道。老榕樹越老而彌堅的呈現旺盛生命力，西莒的女人不管年輕或年老，一樣都充滿幹勁。友人的計程車不只滿街跑兜攬生意，途中還兼送貨，民營和軍營單位的訂單來者不拒，雜貨、生鮮、蔬果都送。我跟著友人一邊送貨一邊遊玩，來到海岸邊的魚貨攤子，友人和相熟的漁夫閒聊著，漁夫說近來魚貨量不足，大魚越來越少了。友人說她想訂一條大魚，辦一分生鮮牲禮祭拜祖先，等了好長一段時間都等不到一條大魚。漁夫說餐廳要辦桌，訂的魚貨也一直補不上貨。他們彼此相對唏噓嗟嘆，漁夫說只要捕到大魚，一定會留給友人辦牲禮。我跟著友人的車回她家，看見客廳裡有一堆蔬菜水果。友人說這些都是自家種的。我忍不住讚美，因爲水果都肥肥胖胖的好豐滿，蔬菜則長成巨無霸。可惜我的假期很短暫，無法留在當地過夜，不然眞想借用友人的廚房，好好料裡這些新鮮的食材。

必須配合船班離開之前，友人已陪我把全島的景點都走遍了。身兼私人導遊的她把景點的故事十分生動靈活的說予我聽，友人知道我有記錄、書寫、拍照的習慣，沿途都會貼心的隨時停車讓我拍照，她還記得我上次來時送她一本書，我也記得她煮了好吃的麵請我。友人說讓我跟著她東跑西跑，旅行兼送貨，眞是不好意思。我說這才是我心目中最美好的旅行方式，能夠完全融入當地，感受在地生活況味，這樣的旅行，感覺不是出走，而是回家。

我的島行紀錄，寫著寫著，感觸很深，忍不住流下眼淚。我心裡想，能讓自己寫到流淚是一件好事，表示這座島與自己的情感十分深厚。不管是一朵紅花石蒜、一塊花崗岩石、一處灣澳、一艘船、一杯老酒，當我親近它時，我的情感與它緊緊相連，眞誠與純粹讓我與離島人靠得更近。那始於土地、山海的自然本眞薰陶，讓這裡的人保有更多的善良美質。

越小的島，越親近海洋與天空，住在島上的人，心路歷程也經歷更多的美與波濤撞擊。我眼中的馬祖人，背負著沉重的過去，帶刺掙扎現在，一直奮力游向未來。

一次一次來到馬祖，我的島行紀錄著墨最多的一直是強力吸引我的「人」，除了山與海的魅力，馬祖人的特質更讓每一座島嶼閃閃發亮，而我的眼神因爲有這許多好朋友而閃閃發亮。

歐陽柏燕

福建金門人，曾獲優秀青年詩人獎、教育部文藝創作獎、《台灣新聞報》西子灣副刊散文獎、年度最佳作家小說獎、耕莘青年寫作會小說獎、散文首獎、海洋文學獎、浯島文學獎、《國語日報》兒童文學牧笛獎（圖畫故事組）。

穿梭島嶼的喜悅

剛協助連江縣政府文化局及在地團隊企劃執行「東引詩酒節」活動後，歸來隔日我便擬妥每個月十天、連續三個月的進駐馬祖計畫，訂妥機票及民宿後，很幸運的接獲得獎的通知，而且頒獎時日正是我進駐馬祖的周期時間，這一切配合得十分完美，讓我對未來的馬祖題材創作充滿信心，它們包含詩、散文、小說、繪本、劇本、微電影、畫展、裝置藝術等，我相信未來我在馬祖的日子將會過得十分美麗，充滿豐收的喜悅。

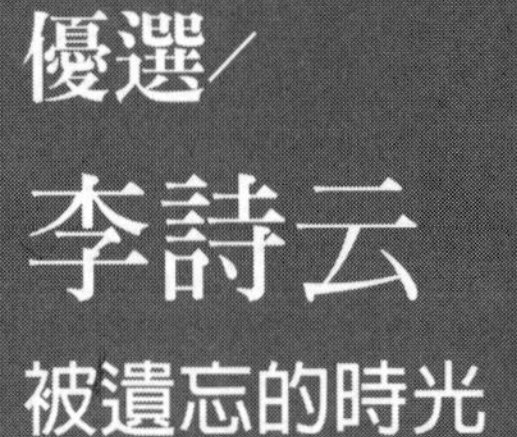

優選／

李詩云

被遺忘的時光

記一段童養媳、豆腐、老兵的故事。

東莒的國利豆腐遠近馳名已久，四鄉五島的餐館，幾乎都可看到。首善之區——南竿，當然也不例外。只是南竿最早出現豆腐買賣，恐怕不是來自東莒的國利豆腐，而是出自珠螺玄天上帝旁的劉家豆腐店。

可珠螺劉家早年卻不懂得如何製作豆腐的，還可能連豆腐恐怕都沒吃過。那劉家後來怎麼會製作豆腐？甚至靠著這門營生養活一家子呢？

塵封已久的歷史線頭，要從現在已高齡八旬的劉家童養媳江月香依媽身上，追尋。

滲著海洋味道的鹹鹹熱風，吹進鐵板海灘旁小館。午後不肯小憩的我，揪著心，聽著江月香女士的兒子劉傑明先生，緩緩說著早被人們淡忘，卻曾經真實存在閩江口外這離離小島上的那一段無情烽火有情天……

三兩鴉片換一個童養媳

一九四五年初夏，日本軍事野心帝國氣數已盡，國軍第八十師猛攻盤據於長樂、連江的日軍，並配合美國空軍做海空制敵控制福建沿海，終於逼得日軍向浙江竄逃。五月十八日福州光復，三個月後，抗戰勝利，日軍扶植的諸漢奸在福州各菜市口公開伏法。

消息傳回江家木板小屋時，妳的依爹繼續站在祖先牌位前，皺著眉頭爲不知該出養誰而煩惱，抗戰勝利似乎不能解決眼下擰心的問題。對於歷經兩次被日軍淪陷，與飽受美軍沿海轟炸威脅而民不聊生的福州底層百姓而言，如何讓下一頓可糊口溫飽，比戰爭勝利還來得重要。

多子餓死爸，可傳香火的男丁有好幾個，女娃倒不多，那還是出養剛出生不久的小兒子吧，男主人心中暗忖著。一家子大小，全瞪大眼睛等著男主人做決定。

「依爹，讓依弟留下，把我送走吧，反正將來也是得嫁出去。」一聲輕柔卻果決的少女音劃破凍結的空氣——是妳，年方十二的大女兒，稚氣未脫卻堅毅的看著男主人。

從一早自登岸起到現在夕陽西下，已經走過了好幾個聚落了。南竿當地百姓，這一天幾乎都看過一個中年男人帶著十來歲的女兒挨家挨戶的詢問是否有願意「收下」女兒的？南竿鄉親碎語著：聽說是從福州那過海來的，想馬祖離老家近，也聽說靠海營生的馬祖人家好生養可增加捕魚人手的男丁，養大的女娃不多，所以現時比較缺媳婦，因此特別過海來為女兒找尋願意收做童養媳的人家。只是，不知是無緣還是怎麼地，走了一天，問了好幾處村落，就只見應門人家看了女娃一眼便搖搖頭拒絕。

你們這對落魄父女走到珠螺劉家前，已經是又餓又渴，再無氣力多行一步，於是就敲上了也家徒四壁的劉家木板門，不談送養，只要今晚給口飯、給個眠；父女終於吃上了來馬祖後的第一餐，而這一頓裹腹，卻是劉家的良善母者，先自願讓出自己的那一份，然後全家人減量，分給苦命的落魄人，才可得的。妳的依爹看在眼中——這是個跟自己一樣窮苦，卻積善的人家。

黎明的霧氣未褪，一夜未眠的異鄉客已起身，站在珠螺澳口眺望遠方：待會兒就央求他們吧，如果眞有緣，他們自會答應的。

而妳，同樣徹夜輾轉難眠——這戶人家會留下我嗎？還是會跟依爹回福州？其實，走了一天仍尋不到人家的妳，心底曾暗暗一絲絲的奢望過：不如就此回福州吧，我寧願一天只吃一餐，省下的留給依弟吃，這樣是不是就可以永遠留在家裡？

雖然故做勇敢自願代替弟弟被送養，但畢竟只是個小女生，妳對未知的童養媳命運，仍然惶恐著。黎明破曉前，終於帶淚進入夢鄉。半夢半醒間，妳和依爹回到了老家，所有的弟弟們都高興地跑出來迎接。

只是，天亮了，夢——得醒。

「我們是很想留下你的閨女，只是我們自己家裡也不是有餘的厝底，拿不出什麼大錢來……」劉家長者老實的說。童養媳大都自女嬰或幼童時就抱來養，就是爲了省下早期傳統馬祖社會可觀的聘金，劉家也有意讓兒子討個童養媳，但眼前這女娃只大年方十一的劉家兒子一歲，不出幾年就可圓房，恐怕要價會很高吧。

什麼大錢？我不是賣女兒……落魄的異鄉客心一揪，差點脫口而出。

妳，屏息等待結果。

「我們零星兼種了些鴉片，不過收成不是很好，先前賣給了鴉片館換米糧，現在也只剩二、三兩，不知可不可以用這三兩鴉片來抵……？」劉家長者打開一只木盒，那是鴉片。

妳眼睜睜地看著依爹嘆了口氣後，收下了那三兩鴉片，然後轉身與妳交代些要懂得盡本分與知分寸的叮嚀，不等用完早膳，堅持不用妳到碼頭送行，便離開。

而七十年前，年方十二的妳，明明仍稚氣卻故做可挑重擔的妳，始終沒讓滾在眼眶內的淚珠，流下來。

油麻菜籽

三兩鴉片，究竟價值多少銀兩？

妳約莫只記得，那天以後，再沒有如夢境——和依爹一起回到海另一邊、有弟弟們與依媽高興出來迎接的老家。

來馬祖後，妳才知道自己身爲「童養媳」，已經算是不幸中的大幸了。心思巧慧的妳，發現有女兒的在地人家並不多，縱有女兒，也多僅一人，鮮少有姊妹。原來，農獲不利、以海營生的馬祖，需要的是可與海與天搏鬥的男丁，誰家的男丁人力多，往往就是財富與地方勢力的象徵，所以幾乎家家都急添男丁。如果生下的是女娃，有能力者，尚能勉強養之，如果是食指浩繁或家貧——則女娃的命運不是送人當童養媳，不然就是趁月黑風高的夜晚，偷偷被丟到澳外偏遠的海角⋯⋯。

妳一想到那些來不及長大的女娃，竟也不覺自己有什麼悲嘆命運的權利了。於是妳認命認分地恪守依爹臨去之前的叮囑——盡本分與知分寸。每天上山撿拾薪柴、挑水、灑掃庭院、種菜、忙灶底事、縫補魚網、醃製來年老酒、紅糟等，妳努力地做盡所有童養媳做的事、過著跟其他馬祖女人同樣的生活。

只是，世事似乎越來越難懂了。在老家時，福州歷經兩次淪陷，不過那是被日本鬼子給占領，日子也苦，但是百姓私下還都能同仇敵愾的忍耐度日子。但是，現在妳卻困惑了，明明是抗戰勝利，該過好日子的時候，卻聽說變成自己人打自己人？

四年後，在蝦皮魚汛將至的中秋，珠螺澳的鄉親購置漁具，正準備大豐收時，妳看到來了一批批從沒見過的軍人。「馬祖守備區」這個歷史名詞出現，才知大陸整個失守了，這些操南腔北調的軍人，跟妳一樣——回不去老家了。

於是只能在想娘家時，偷偷到澳口、山上，向海的彼端、找出老家的方向——狠狠思念個夠。

生活，越發艱辛了。早在一九四九年九月十六日最後一批撤退的國軍——第七十四軍狼狽撤退到南竿後，軍需不足，取之民間，導致很多尚有財力的營生大戶偷偷逃回大陸去後，南竿，或者該說是整個馬祖——就只剩下窮人了。

妳，早過慣窮苦的日子，不然也不會被送養到這裡當童養媳，於是妳努力地設法能為劉家的生計幫上些什麼。放眼望去一洗如貧的馬祖，只剩與妳同樣有老家歸不得的軍人和坐困孤島的老百姓——唇齒相依了。

長官？不要哭啦！

「可不可以請妳幫我將它磨成豆漿？」

要不是歷經連年戰禍，對有槍桿子的軍人產生畏懼，妳實在不願與眼前這個說著勉強聽還聽不懂的腔調，得靠一旁懂福州話的其他阿兵哥來翻譯的軍人有什麼接觸。

軍人手裡拿著一只已開封的鐵罐頭，裡面裝著黃豆，原來是軍中的配糧。妳自來馬祖後就沒有看過黃豆了，嚴格說起來，在老家恐怕也不曾吃過黃豆製品。那是個通貨膨脹的亂世，原本普通的尋常東西都成天物。從大陸淪陷，兩岸封鎖，馬祖成了前線戰地，民生物資極度缺乏也昂貴，當地本就不產黃豆，根本看不到豆類製品，百姓家裡的石磨多是用來磨米的，豆漿是北方才常見的食物。

妳怕得罪拿槍的，只好順從地接過黃豆帶回家磨成汁，隔天同時間在相遇的路口，將已磨成的豆漿和剩下的豆渣送還給這軍人。軍人看了裝在鐵罐裡的豆漿一眼，皺了下眉頭，道謝而去。

沒幾天，這軍人又出現了，還是拿著裝著黃豆的鐵罐頭，要妳幫忙磨成豆漿，只這次黃豆裝更滿了。

妳無奈地再次接手，隔天如數交還。幾次下來，軍人總是皺著眉頭接回豆漿與豆渣，而黃豆也一次次分量增多。妳雖然不解，但也不想多問，畢竟馬祖民風保守，縱使妳必須爲了家計而拋頭露面，但身分已是劉家的童養媳，實不宜多與男子攀談。

「妳怎麼這麼老實？將黃豆全部都磨成豆漿？連豆渣都還給我？」終於軍人開口了。

原來每次都比前次多裝一些是給妳的報酬，他以爲妳會懂得留下一些。可妳終究是憨實的良善之人，哪懂得這些心眼，況且這些黃豆又是軍隊配給品，妳哪敢多想？在那嚴苛的軍管年代，竊占軍方物資是得重罰的。

於是，軍人將豆渣帶回營中製作成豆製品再送給妳，而向來懂得苦命人疼惜苦命人的妳拿到後立刻分享給同樣日子過的窮兮兮地旁人。

軍人又開口了，原來他是要妳自己私下留著吃就好，怎麼拿去分人呢？

這下，妳反而要軍人不要再送東西來了，黃豆也請另覓別人代磨。在那難以溫飽的年代，妳以爲那是他給百姓添食物的，如果單單只給自己，限制分享出去，那麼肯定會惹來旁人非議與揣測。

想不到，這大剌剌的軍人，一聽到自己的斷然拒絕，居然到一旁猛掉眼淚。這是妳生平第一次看見一個大男人，而且還是穿著軍服的硬漢流不該輕彈的眼淚，妳有些慌了。

「長官？不要哭啦！」

經一旁通福州話的弟兄趨前安慰瞭解後，眞相大白——原來，他會找上自己磨黃豆、送東西，並不是對方有非分之想，而是自己跟他那唯一的妹妹長得很像，他一看到妳，便想起不得見的家人，甚至眞的當成自家妹子了，所以才會對妳格外的好。

軍人知道土地貧瘠又歷經日軍入侵、林義和、張逸舟海上梟寇肆虐、大陸淪陷等連年戰禍的馬祖百姓，日子苦。他捨不得妹子苦。軍人打聽過，知道妳是無法回娘家的童養媳，他想著在老家的妹子，會不會也因從軍的自己撤退到馬祖，再也無法寄軍餉回老家幫助家計而被迫出養或賣掉？會不會也如妳這般每天每天得除了料理家務之外，還得張羅、愁煩下一頓飯菜在哪裡？

泛黃照片裡的女孩，梳著大辮子，淺笑靦腆。那是軍人入伍前所拍的全家福照，一直放在胸前口袋。妳半信半疑地接過軍人轉由在場阿兵哥遞過來的相片——這才相信自己眞的跟他妹妹——長得眞像。

軍人，依然繼續掉淚。哭的是認到了妹子，哭的是不知何時才能重拾舊河山，哭的是——不該毅然決然從軍，隊伍離開家鄉城廓時，故作無情地拒絕回頭再看特別趕來送別的爹娘一眼。

從此，妳放心地收下他送來的東西，也介紹給夫家老小們認識。雖然語言仍不通順，雖然彼此互動仍止乎禮，但在妳心中，像是老天意外尋了個兄長在孤身的離離小島。

要移防離開馬祖前，軍人傳授了妳製作豆腐的方法，說是日子雖苦，有門技術在身就不怕餓死。妳，得到了一門技術，卻離開了一位兄長，從此妳又只能如以往在想娘家時，偷偷到澳口、山上，向海的彼端、找出老家的方向——狠狠思念個夠。

劉家豆腐

軍人留下的製作豆腐技巧，果眞如其所言，讓劉家意外地熬過了戰地任務時期最最艱辛的日子。起初妳以雜貨向阿兵哥交換黃豆來製作豆腐自用，等技巧更純熟後，便開始試著賣給街坊鄰居，最後正式將豆腐拿到菜市場販賣。漸漸打出名號，雖然沒有招牌，但大家都曉得劉家豆腐做得好，曉得劉家原本苦哈哈的日子，靠著三兩鴉片換來的童養媳婦給扛了下來。直到六〇年代的移民潮，妳才與沒有意願繼承豆腐店的子女舉家遷臺。

珠螺澳的劉家豆腐，成為鄉民中隱約似忘猶記的片段印象。

聽海鷗風中說回憶

故事後來呢？遠去的戎裝，曾捎來信息向留在馬祖的「妹子」報平安麼？無法凱歌還鄉的軍人，似迷航的海鷗，不能在渡過最凜冽之冬後重回來時路，只能由島至島，不斷流浪。從此，妳再沒有看過這軍人。

那掉淚的軍人是否撐過八二三無情砲火、適應釋懷隻身戎馬的孤獨，在兩岸不再皆稱對方為「匪」的解甲歸田後，終得返故里見到照片上那梳著大辮子，淺笑靦腆的妹子？

而妳呢？如四處流浪的海鷗從福州老家到離離小島、再飄浪到黑水溝另一端的大島嶼；從和鄰家玩伴遶床弄青梅喚小名的童稚，到遠離家鄉，娘家不得回的童養媳，僅相距三十三海浬的歸寧路，卻是行了數十年才得以再回福州娘家——見到父母的墳，只是，妳身分已從劉江氏，又回到「江氏」，如許多強配下，無法自主選擇愛情的童養媳命運，妳是否曾經後悔過當年自願代弟出養的勇氣？

在各村間挨家挨戶尋覓收容人家，那對塵滿面父女的背影、劉家豆腐、無家可歸的軍人——一切都成被遺忘在風中的往事。沒有照片可讓聽者如癡的我想像到底妳跟軍人的妹子有多相像。如今曾經飄散著濃濃豆腐香的珠螺村41之2號老宅，已變成兀自陪伴在玄天上帝老廟旁，早已歇業的新洋房餐廳。

劉家舊宅，江月香女士之子劉傑明先生授權翻拍。

許多回憶，都被遺忘在長日將盡裡。

戰地任務解除後，遊覽車載來的觀光客驚嘆大埔聚落繁華落盡、芹壁所謂地中海風情、北海坑道鬼斧神工，神話之鳥驚鴻一瞥……卻也逐漸忘記島嶼上曾經的「同島一命」、「軍民一家」、「散落在閩江口外的一串珍珠」這些紋身標語、唯美辭令下藏著多少軍民的人生行路故事。

這些庶民故事未曾被寫入史料文獻裡，卻眞實存在過……等

劉家現址。

著如今日這樣或迷航或流連不去的海鷗徘徊在海邊的午後，從懂得飲水思源的後人回憶中，訴說給有心人聽。

李詩云

半生荒唐，一枕南柯——忝得短篇小說、散文、新詩、小品文若干文學獎項如夢虛名。

劉傑明先生願意分享回憶給有心人聽。
「鐵板小館」裡好人多、故事多。
這列島上所有良善的人們。
盛為幫我搞定小花花。
小花花始終陪在我身邊。
每段人生甘辛中都有慈悲永恆天父所賜下的奇異恩典。

故事書寫類決審會議實錄

會議時間：二〇一三年九月十一日（星期三）下午二時
地　　點：臺北書院望月茶坊
決審委員：宋志富、苦苓、劉家國（依姓名筆畫序）
列　　席：田運良、林瑩華
會議記錄：黃彥憬

決審會議開始，感謝三位評審老師接受連江縣政府文化局與《印刻文學生活誌》邀請，參與二〇一三馬祖文學獎「馬祖故事書寫」類的決審會議。今年文學獎設定「馬祖・人・愛芹海」爲徵獎主題，故事書寫類是馬祖文學獎的特色獎類，此次以「人」爲主，參賽者需記錄馬祖當地眞實故事。收到投稿作品十四件。此屆決審將評選出優選三名，若作品未達審核水準，評審有權決議最終獎項名額之增刪。在此代表文化局感謝三位評審老師之與會，請三位評審推派主席。

經由其他二位評審推薦，此會議將由評審劉家國老師擔任主席。

三位評審發表決審會議評選感言。

苦　苓：我眞心的喜歡馬祖，東莒變成我的第二故鄉，而此獎既是「馬祖」文學獎，願以關懷「馬祖」地域爲重，文章是否生花妙筆爲其次，能眞正呈現馬祖的人文、典故、歷史、感情則爲首要。作品參賽者大致可分馬祖的阿兵哥、遊客、當地人，三種身分的書寫皆有深入作品，非一般粗略片面的遊歷心得。

宋志富：參賽者大致同苦苓所說的三種身分，作品書寫亦呈現三種感情走向，軍人弟兄紀錄的故事挺契合參賽標準，有些作品的書寫技巧可以再深入改進。

劉家國：我預選了三篇作品，故事皆切合以「人」爲主的主題，〈外婆的電影腳本〉文字功力最好，故事張力則有待加強；〈被遺忘的時光〉故事設想張力夠，可惜文字撰寫能力不足，建議再加強；〈閱陽樓記〉以短篇記錄當兵幽默趣事，算是串連出一個完整的故事。

第一輪投票

每位評審圈選三篇作品，共有五篇作品獲得票數，得票情況如下：

〈我的馬祖故事〉：一票，苦苓
〈外婆的電影腳本〉：三票，宋志富、苦苓、劉家國
〈閱陽樓記〉：二票，宋志富、劉家國
〈敲響記憶的行旅〉：一票，苦苓
〈被遺忘的時光〉：二票，宋志富、劉家國

〈我的馬祖故事〉

苦　苓：以軍人身分來進行故事書寫，寫法很普通，有點瑣碎，若以軍人角度著眼來挑選篇章，〈閱陽樓記〉與〈我的馬祖故事〉有各自的軍中樂趣，我雖比較喜歡〈閱陽樓記〉，但〈閱陽樓記〉對於一般讀者來說，或許較難理解或融入當中情境，相形之下選擇了此篇。

劉家國：這個故事應該還有很多要寫，我沒選擇的原因是從讀者閱讀的角度，

顯得瑣碎與例行公事。但這是裡面創作最用心的一篇。

〈敲響記憶的行旅〉

苦　苓：這篇以遊客角度書寫，內容較一般遊歷深入，感覺作者有融入當地生活，寫作較用心。這篇文章或許可讓不在馬祖長住的民衆，瞭解馬祖還有其他不同面向，不止是走馬看花的風景遊覽。與其他馬祖遊記類篇章相比，這篇深刻許多。

劉家國：作者可能抵臨馬祖多次，但這篇亦流於瑣碎，故事無聚焦性，比方〈外婆的電影腳本〉，故事的完整性就很好。若以散文體來觀看，或許比較適合。

二票作品討論

〈閱陽樓記〉

宋志富：主題非常有創意，寫得很有趣，把軍旅生活、記憶全部融入，故事流暢。希望背景做個引述，如此一來讀者較易瞭解。

劉家國：標題很有創意，「閱」人無數，但全爲男（陽）性。故事貫穿記錄當兵看醫生的故事，頗有聚焦性，但若非馬祖當兵的阿兵哥，一般讀者不太能瞭解當中趣味性所在，問題也在於此篇導讀部分做得不夠。

苦　苓：這篇要前後閱讀多次，才能瞭解作者要表達的趣味與重點所在。此篇若是入選，建議作者可於前言背景再多做一些著墨，比方：軍醫等，否則一般讀者可能不易理解箇中奧妙。若以「人」爲主題，此篇比〈我的馬祖故事〉多些創意，亦更有「人」味。在作者導言介紹完整的前提之下，我會放棄〈我的馬祖故事〉，改投這篇。

〈被遺忘的時光〉

宋志富：原則上故事非常好，構想不錯，夠大膽，不知是否寫作時間匆促，造成結尾張力不夠。同樣地〈尋找桑品載的大江大海〉亦然，對照很好，但寫得亦不夠好。

劉家國：很好的故事，沒有用心寫完。文筆、文章鋪陳與結構各方面都夠水準，但故事張力不足。建議往後的作者，只要故事題材有眞實性，在時代地點人物不更動的前提，亦可添加些許虛構性成分，營造故事情境。

苦　苓：以在地人書寫角度來審閱，〈外婆的電影腳本〉與這篇類型有點接近，〈被遺忘的時光〉作者屬較會書寫，此篇開始讀時讓人抱著期待，但後面張力漸弱。〈外婆的電影腳本〉卻是完成了要敘述的故事，我可以體會當中的故事，並且受到感動。因此若要選擇，我認爲〈外婆的電影腳本〉故事完整性較夠較好。這篇文章我建議作者可以再進一步完善故事。

三票作品討論

〈外婆的電影腳本〉

宋志富：一看到這文章我就覺得很不錯，故事發生地點就在我寢室旁。林其進的太太即是馬祖的女性堅強代表。這篇富有故事性、眞實性，但結構需要再加強。

劉家國：這篇故事非常好，作者或許是生手，寫作功力需再加強，但從文中訪談與參考資料，看得出文章的用心。眞實性沒問題，創意性亦有。建議描寫炸彈炸死林其進的情節，若改放在文章前頭，導引讀者閱讀，增加戲劇張力，故事重點會更聚焦。

苦　苓：文末作者強調被命運背叛，我想作者要表達的重點應該是被「這顆砲彈」背叛，我建議或許在開頭，可先埋下「沒想到砲彈會改變他一生」的伏筆，寫至砲彈時增加著墨，吸引注意，至文末演繹主角對砲彈的恐懼。總的來說，若把砲彈貫穿文章，可增加故事情節的動人之處。很多馬祖人的家族史，亦曾發生過類似情況，或許眞實情況和此事件內容有出入，但這個故事對當地居民而言，頗具代表性，海外延燒來的戰火，常改變當地居民的一生。

劉家國：苦苓的意見我認同，我們寫人物報導時，常用首尾呼應法。此文可利用「這顆砲彈」來前後貫穿呼應，完整這個故事。

得票作品討論完畢，三位評審一致同意已得三票的〈外婆的電影腳本〉，確定獲得優選。

評審苦苓再次審閱，放棄原先所投〈我的馬祖故事〉之一票，改投〈閱陽樓記〉一票。〈閱陽樓記〉至此獲得三票，三位評審亦同意爲優選。〈我的馬祖故事〉不具票數，淘汰。

優選獎額尙餘一名，三位評審審核評量〈敲響記憶的行旅〉、〈被遺忘的時光〉，雖原得票數相差一票，但因兩篇作品內容類型相異，創作技巧各有所長——評審重視各類型創作文章，在以促進外島人士多方瞭解「馬祖」爲概念的前提下，爲避免遺珠之憾情況，亦基於獎勵大眾對馬祖地區文學的創作風氣，決定開放增加優選獎額一名，將此兩篇作品同時並列爲優選，因其作文水準與前兩篇已得獎作品有所落差，決議此兩篇作品雖同爲優選，在無法另增列獎金情況下，二者平分賽制原先優選一名可獲得之五萬元獎金，各可獲獎金兩萬五千元。

最終結果，優選四名爲〈外婆的電影腳本〉、〈閱陽樓記〉、〈敲響記憶的行旅〉、〈被遺忘的時光〉。

「二〇一三馬祖文學獎」徵文辦法

主　　辦：連江縣政府
承　　辦：連江縣政府文化局
規劃執行：INK印刻文學生活誌
協　　辦：馬祖日報
網路協辦：舒讀網 www.sudu.cc
馬祖日報 www.matsu-news.gov.tw

一、活動主旨

推動連江縣閱讀風氣，鼓勵文學創作，並藉由閱讀與寫作凝聚對馬祖的記憶，耕文學土壤，使文學常駐馬祖。

二、徵選主題

三、參加對象

- 一般大眾均可參加，各類別皆須以中文撰寫。
- 參選作品必須未在任何一地報刊、雜誌、網站發表；已輯印成書者亦不得參選。參賽作品不得一稿兩投。
- 參選者資格不符上述二項者，將取消參選資格，已得獎者，將追回獎金及獎座，並公布其違規情形之事實。

四、收件方式及截稿日期

請上「二〇一三馬祖文學獎」專屬活動網站，連江縣政府文化局網址www.matsucc.gov.tw或舒讀網 www.sudu.cc，從網站下載報名表，填妥後連同作品一式五份，一律以掛號方式郵寄至「235新北市中和區中正路八〇〇號十三樓之三，二〇一三馬祖文學獎工作小組收」，並在信封上註明參選類別，即可報名參加。即日起開始收件，至二〇一三年七月三十一日截止，以郵戳爲憑，逾時恕不受理。

五、徵選類別與作品字數

每人可同時參加各文類，每文類以一篇爲限。來稿行數、字數不合規定者，將不列入評選。歷年首獎得主不得參加該文類甄選。

• **散文**——馬祖

以實際抵臨馬祖之遊歷、旅行觀光、生活等之感想印象爲主，文長一千五百至二千字以內。

• **現代詩**——愛芹海

以馬祖四鄉五島、海爲對象，書寫島嶼與海的萬般風情，詩長十五至二十五行以內。

• **馬祖故事書寫**——人

以馬祖在地之鄉野間，具有特殊傳奇故事價値的「人」爲故事主角，其於馬祖地區兵役、戰地、旅行、公務等所發生之愛情、親情、友誼同袍等與情義相關之眞實故事。文長三千五百至五千字間，附上足供佐輔之圖片、照片、史料尤佳。

六、獎勵方式

- 散　文：首獎，獎金新臺幣三萬元，頒贈獎座乙座。
  優選，獎金新臺幣一萬五千元，頒贈獎座乙座。
  佳作二名，各獲獎金新臺幣一萬元，頒贈獎座乙座。
- 現代詩：首獎，獎金新臺幣三萬元，頒贈獎座乙座。
  優選，獎金新臺幣一萬五千元，頒贈獎座乙座。
  佳作二名，獎金新臺幣一萬元，頒贈獎座乙座。
- 馬祖故事書寫：優選三名，每名獎金新臺幣五萬元，頒贈獎座乙座。

七、評審方式

- 評審作業：分爲初審及決審兩階段；每一階段均聘請國內知名作家及學者組

成評審委員會評審之。

- 作品如均未達水準，得由決選評審委員決定從缺或不足額入選。

八、注意事項

- 參賽得獎作品得由連江縣政府在任何地方、任何時間以任何方式無償利用，並得轉授權他人利用。同時，並承諾對連江縣政府或連江縣政府再授權利用之人不行使著作人格權。
- 參選作品請以A4紙張列印一式五份送件，以稿紙書寫者請自留稿底。本文學獎恕不退稿。
- 參選者請於報名表上詳載個人資料及作品相關說明，作品稿件上請勿書寫或印有作者姓名及任何記號，若違反此規定，將以違反規定不列入評選。
- 報名表上，具中華民國籍者請附上中華民國身分證正反面影本或戶口名簿影本，非中華民國籍者請附上護照影本。
- 參選作品禁止抄襲或侵害他人權利，凡有抄襲或侵害他人權利者，除取消得獎資格、追回獎金及獎座、公布違規情形事實外，一切法律責任由參加者自行負責。

九、得獎名單揭曉及頒獎

• 將於二〇一三年十月公布得獎名單，並於《INK印刻文學生活誌》十月號製作「二〇一三馬祖文學獎」專輯。

• 頒獎典禮預計於二〇一三年十月，假馬祖舉辦（視天候情況而定，主辦單位保留最後更改之權利）。

十、獎勵方式本辦法如有未盡事宜，得隨時修訂補充

工作小組

執行：INK印刻文學生活誌　電話 02-22281626　網址 www.sudu.cc

連江縣政府文化局　電話 0836-23146　網址 www.matsucc.gov.tw

國家圖書館出版品預行編目（CIP）資料

馬祖・人・愛芹海：馬祖文學獎得獎作品集. 2013／
苦苓等著；初安民總編輯. -- 初版. -- 連江縣南竿鄉：
連縣府, 2013. 11
208面；15×21公分
ISBN 978-986-03-8405-5（平裝）

830.86　　102020782

馬祖・人・愛芹海——二〇一三馬祖文學獎得獎作品集

發行人　楊綏生
總策劃　曹以雄
策劃　吳曉雲
執行策劃　崔芷榕、陳曉君
出版單位　福建省連江縣政府
執行單位　福建省連江縣政府文化局
地址　20941連江縣馬祖南竿鄉清水村136-1號
電話　0836-22393
傳真　0836-22760
網址　www.matsu.gov.tw
承製　INK印刻文學生活誌
地址　23552新北市中和區中正路800號13號之3
電話　02-22281626
總編輯　初安民
責任編輯　田運良、鄭嫦娥、林瑩華
美術編輯　黃昶憲、陳淑美
印刷　海王印刷事業股份有限公司
著作人　苦苓、簡白、顏艾琳、王威智、尹雯慧、林君慧、鄭素娥、吳俊霖
劉益助、賴文誠、吳鑒益、沈柏均、秦就、歐陽柏燕、李詩云
著作財產權人　福建省連江縣政府

初版一刷　2013年11月
GPN　1010202276
ISBN　978-986-03-8405-5
定價　新台幣 200 元

Printed in Taiwan

連江縣政府